용을 삼킨

검

2

사도연 신무협 장편소설

ORIENTAL FANTASY STORY & ADVENTURE

★
dream
books
드림북스

용을 삼킨 검 2 신속(神速)

초판 1쇄 인쇄 / 2014년 8월 19일
초판 1쇄 발행 / 2014년 8월 26일

지은이 / 사도연

발행인 / 오영배
책임편집 / 편집부
펴낸 곳 / (주)삼양출판사 · 드림북스

주소 / 서울특별시 강북구 솔샘로67길 92
대표 전화 / 02-980-2112 팩스 / 02-983-0660
편집부 전화 / 02-980-2116 팩스 / 02-983-8201
블로그 / blog.naver.com/dreambookss

등록번호 / 제9-00046호
등록일자 / 1999년 3월 11일

ⓒ 사도연, 2014

값 8,000원

ISBN 979-11-313-0113-5 (04810) / 979-11-313-0111-1 (세트)

* 지은이와 협의하에 인지는 생략합니다.
* 잘못된 책은 구입한 곳에서 바꾸어 드립니다.

이 도서의 국립중앙도서관 출판시도서목록(CIP)은 서지정보유통지원시스템홈페이지
(http://seoji.nl.go.kr)와 국가자료공동목록시스템(http://www.nl.go.kr/kolisnet)에서
이용하실 수 있습니다. (CIP제어번호: 2014023433)

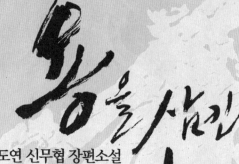

용을 삼킨

사도연 신무협 장편소설

ORIENTAL FANTASY STORY & ADVENTURE

2

검

신속(神速)

dream
books
드림북스

목차

第一章

신속(神速)

　채챙! 채채챙!

　검과 검이 현란하게 부딪친다. 그때마다 불똥이 튀고 사
방으로 칼바람이 휘몰아친다.

　무성과 북궁민은 서로 물어뜯기 위해 달려들었다.

　검격과 검격이 잠시 교차하며, 슬쩍 튕겨난다 싶으면 다
시 바짝 간격을 좁힌다.

　자신의 안위 따윈 돌보지 않는다.

　오로지 죽이겠다는 일념 하나.

　그것만이 그들에게 주어진 최대의 명제였다.

무성은 이를 악물었다.

'역시 강해.'

상대는 자신을 아무렇게나 치부할 수 있는 강자다.

칼을 부딪칠 때마다 손목이 찌릿찌릿하다.

계속된 충격 누적으로 검은 이미 부러질 것처럼 휘기 시작했다.

타닥!

매영보를 밟는다. 귀기가 아지랑이처럼 올라오며 몸을 휘감았다. 무형화흔의 발현이다.

슥!

북궁민의 검이 섬전처럼 쏘아져 목젖을 꿰뚫었다.

스스스!

하지만 목이 관통된 무성은 좌우로 흩어져 사라졌다. 허깨비다.

이형환위(移形換位)!

너무 빨리 움직여 잔상을 남긴다는 신법의 경지다.

무성은 몸을 움직이는 것과 동시에 무영화흔으로 몸을 숨겼다.

대신에 재빨리 움직여 북궁민의 뒤편을 점했다.

스슥!

무성이 갑작스레 나타난다.

검병을 꽉 쥐며 몸을 좌측으로 세게 돌려 북궁민의 허리를 갈랐다.

도효의 사 초식, 흑야일휘(黑夜一輝)!

마치 까만 밤하늘을 가로지르는 달빛처럼 길게 그어졌다. 당연히 곤호진기가 실려 검격에 담긴 힘은 보통 도효보다 훨씬 위력적이었다.

까—앙!

하지만 북궁민은 너무나 능숙하게 몸을 우측으로 돌리면서 검을 마주했다.

뒤통수에 눈이라도 달린 것처럼 말끔한 동작이다.

경쾌한 쇳소리를 배경음 삼으며 북궁민이 일보를 세게 내디뎠다.

콰콰콰콰!

걸음을 옮길 때마다 거침없이 검이 쭉쭉 허공을 내긋는다.

북궁민의 움직임은 차라리 경쾌하기까지 하다.

하지만 검이 공간을 가를 때마다 일어나는 풍압은 노도처럼 거세기 그지없고, 거기서 풍기는 위세는 서서히 무성을 위기로 몰아넣었다.

따다당!

무성은 목젖을 찔러오던 검을 옆으로 가까스로 튕겨 냈

다.

하지만 검은 언제 그랬냐는 듯이 허리를 갈라 오고, 그
것을 피했다 싶으면 다시 하체를 베어 온다.

피하고, 막고, 다시 피하고, 막길 수차례.

무성은 그때마다 후퇴하고 전진하고, 다시 후퇴하고 전
진했다.

서서히 손이 어지러워진다. 눈앞이 혼미해진다.

도효는 분명 쾌검이다.

하지만 북궁민은 마치 그것을 비웃기라도 하듯이 매섭
게 몰아쳤다.

"하하하하! 고작 이거였나? 이따위 모습을 보이려 내게
이빨을 들이댄 거냐?"

"……."

북궁민의 입술 끝이 비틀어진다.

그사이에도 무성은 점차 궁지로 내몰린다. 몸에 생채기
도 하나씩 늘어났다.

"뭐, 아무래도 좋아. 그 전에 한 가지만 물어보자. 왜 이
런 선택을 내린 거냐? 원하던 대로 분명 힘을 주었을 텐
데?"

"어차피 쓰임을 다하면 버려질 테니까."

"알고 있었나? 그리고 또 뭘 알아냈지?"

북궁민의 두 눈이 호선을 그린다.

부정을 하지 않는다. 긍정이다.

"이것이 무신을 잡을 병기를 마련하는 것과 동시에 이 법의 효능을 실험하기 위한 실험이라는 것."

"호오?"

두 눈은 흥미로 가득해졌다. 역시나 긍정이다.

무성은 속에서부터 짜증이 치밀어 올랐다.

"병기와 실험. 이 두 가지를 통해 북궁검가는 무신을 지상으로 끌어내리고, 대신 그 자리를 차지하려는 심산일 게다. 북명검수와 귀병, 두 단계를 거치면서 이제 이법을 완전히 다룰 수 있는 방법을 터득했겠지."

한유원이 했던 말이 떠오른다.

무성은 한유원과 많은 이야기를 나눴다.

자신의 몸에 일어나는 변화. 변이의 정체. 이법이 가진 양면성.

한유원은 단 몇 가지 단서만으로 모든 정황을 단번에 꿰 뚫어 보았다.

"저들은 우리가 무신을 살해해도 좋고 실패해도 좋

다. 전자라면 그 자리를 신속히 채울 테고, 후자라면 천
천히 병력을 양성해 추후를 노리면 되니까. 물론 그 과
정에서 지난 흔적은 모두 지워야지."

북명검수는 귀병에 의해 제거되었다.
귀병은 무신에게 제거될 것이다.
살아남는다 해도 괜찮다. 어차피 모든 생명을 불사르고
죽을 테니.

"아마 놈들이 가르칠 '법' 중 다섯 번째는 급격하게
무위를 몇 단계 이상이나 끌어올릴 방식일 걸세. 그리
고 그 후에는 반드시 죽게 되겠지. 이를테면 '죽는 법'
인 셈이야."

이후, 무성은 오랜 숙고를 했다.
그리고 선택했다.
이 길을.
"하지만 너는 아무래도 상관없지 않나? 어차피 죽기로
결심한 몸이었잖아? 생명을 사르든 말든 네가 원하는 힘
을 얻었어. 주익을 죽일 수만 있다면 그만이었을 텐데?"
"생각이 바뀌었다."

무성은 짧게 단언했다.

"복수는 이룬다. 하지만 더 이상 이용은 당하지 않아."

한유원에게서 문(文)을 익히면서. 남소유에게 무(武)를 배우면서. 대웅에게 덕(德)을 엿보면서. 간독에게 집념을 훔치면서.

지난 몇 달 간 무성의 많은 것들이 변했다.

새로운 것들을 많이 배웠기에 다른 눈을 가지게 되었다.

변이는 육신에만 깃든 것이 아니다.

정신도, 이성도, 감성도 모두 변이를 이뤘다.

검병을 쥔 무성의 손에 더욱 강한 힘이 실렸다.

쩌—엉!

곤호진기가 유입되며 검이 크게 몸을 떨었다.

*　　*　　*

"글쎄요."

남소유가 차갑게 대꾸하며 천천히 걸음을 옮긴다.

땅에 그슬리는 대검이 기다란 고랑을 파낸다.

그 위로 아지랑이처럼 엄청난 기세가 폭발적으로 불어 닥쳤다.

"큭!"

팔호는 폐부를 쥐어짜는 무형지기에 이를 악물었다.

두 눈에 핏대가 잔뜩 섰다. 이를 악물고 버텨 보려 하지만 어깨가 눌리고 무릎이 저절로 꿇린다.

'역시 혈나한!'

소림의 음지를 관장해 온 그림자, 혈나한.

그녀를 포섭하기 위해 북궁민이 얼마나 큰 공을 들였는지 모른다.

소림이 자랑하는 칠십이절예(七十二絕藝)의 정화(精華)를 한 몸에 담은 몸. 천고에 둘도 없을 신기라는 무상대능력(無上大能力)과 대승범천경(大乘梵天經)을 품은 몸이다.

또한, 그녀가 수련한 달마삼검(達磨三劍)은 불가 무학의 정점으로서 모든 번뇌와 해악을 씻는 힘이 있었다.

과연 북궁민이 나선다 하여도 제압이 가능할까 싶을 정도로 뛰어난 그녀인데…….

여기에 더해 이법의 권능까지 깨달았다.

부족한 전투 경험은 살공 기예와 북명검수들의 교육으로 채웠을 테니 경험상 우위를 점하기도 어렵다.

남소유의 등장은 그들로서 재앙이었다.

"우읍! 으으으!"

하지만 팔호는 자리에서 일어났다.

근육이 부르트고 실핏줄이 터진다. 칠공으로 피가 흘러

내린다.

혈나한이 자랑하는 혈라강기(血羅剛氣)를 전면에서 대항한다.

죽을 것 같아도 물러설 수 없다.

임전무퇴. 북명검수는 절대 후퇴를 몰랐다.

팟!

팔호는 검병을 꽉 쥐고 남소유에게로 달려들었다.

이긴다는 생각은 하지 않았다. 그저 수장인 유상이 도망칠 시간을 벌 수 있다면 족했다.

우—웅!

검이 회전을 한다. 육전검이 발동되며 엄청난 기운이 밀집되어 허공을 찢는다.

타다당!

하지만 대검에 맺힌 핏빛 기운이 세운 장벽에 모조리 튕겨 나갔다. 단순히 단검을 허공에다 그은 것인데도 불구하고 검풍은 너무나 간단하게 박살 났다.

동시에 대검이 위에서 아래로 묵직하게 떨어졌다.

퍼—억!

대검은 마치 파리를 내쫓는 듯한 모양으로 팔호를 아예 박살 냈다.

'어째서 도망치지 않으셨……?'

팔호는 몸이 뒤집히는 와중에 몸을 내빼지 않고 가만히 서 있는 유상을 보며 의문을 표했다. 유상은 마치 자신의 일과는 무관하다는 듯이 멀뚱하게 서 있었다.

피떡이 되어 버린 시신이 옆으로 아무렇게나 쓰레기처럼 나뒹굴었다.

유상은 발치에 구르는 시신을 가만히 내려다보았다.

여전히 눈빛은 무표정하다.

"수하가 죽어도 아무렇지 않다는 뜻이신가요?"

유상은 아무 대답도 하지 않았다. 그저 남소유를 응시하며 자신이 묻고 싶던 것을 던진다.

"진무성은? 어디로 갔지? 혹시 주군께로 갔나?"

"……."

남소유는 입을 꾹 다물었다.

유상은 잠시 흔들리던 그녀의 눈빛을 놓치지 않았다.

"토사구팽은 들어 봤어도, 사냥개가 주인을 무는 형국이라? 거기다 아직 사냥에서 한 번도 쓰지 못한 녀석인데. 후후후! 정말 허를 찌르는 한 수야."

유상의 입술 끝이 비틀린다.

"인정해야겠어. 한유원. 그대는 정녕 나보다 한 수 위야. 하지만……."

유상은 천천히 검을 들어 올렸다.

"아직 끝난 건 아니지."

일순, 그에게서도 기도가 확 하고 풍겼다. 혈라강기의 위세가 물 씻듯이 사라졌다.

남소유는 바짝 긴장했다.

　"마뇌는, 냉혈검객은 가진 바 실력만 따진다면 북궁 민과도 견줄 만한 자요. 아니, 도리어 더 위험할 수도 있소. 녀석의 머릿속은 능구렁이 같으니 도저히 속을 짐작할 수 없거든."

떠나기 전에 한유원이 해 줬던 말이 있다.

문무겸전. 절대 무시할 수 없는 자다.

'무성이 적의 본체와 마주하는 이때, 우리가 일을 마무리 지어야 해!'

남소유는 생각이 끝나자마자 땅을 강하게 박찼다.

쉭!

대검에 육전검의 회전이 가미되며 속도를 가한다.

허공에 핏빛 그물이 그려졌다. 천라검법의 재현이다.

까가강!

유상도 이에 질세라 엄청난 검격을 퍼부었다. 북궁검가가 자랑하는 신독행검(神獨行劍)이다.

쿠쿠쿠쿠!

매서운 돌풍이 사방으로 휘몰아쳤다.

*   *   *

아래쪽 싸움은 너무 일방적이었다.

대회륜검진은 완전히 파훼되었고, 북명검수들은 오로지 후퇴라는 명령만을 지상 명제로 잡으며 도망치기에 바빴다.

귀병들은 여전히 어둠을 거닐며 그들을 뒤쫓았다.

양 떼를 쫓는 늑대처럼.

아주 천천히. 하나씩 착실히.

그렇게 사냥해 나갔다.

'어디지? 대체 어디냐?'

사십사호는 마음이 조급해졌다.

암격의 위치는 어디까지나 회륜검진이 발동된다는 전제 하에서나 큰 위력을 자랑한다. 다른 북명검수들이 적의 이목을 빼앗는 동안 기습하기 때문이다.

그런데 회륜검진은 멈췄다.

암격의 필요성도 사라지고 없다.

아니, 도리어 더 짜증 나는 자리가 되고 말았다.

어둠 속에 묻혀 자리를 고수해야만 한다.

이곳에서는 동료들의 죽음이, 회륜검진의 붕괴가, 북명검수의 패배가 너무나 잘 보인다.

'암격! 암격이야! 놈들은 우리들을 모방하고 있어! 대체 무영화혼을 어디서 베낀 거지?'

귀병이 이용하는 전술은 북명검수의 것을 역이용하고 있다. 회륜검진의 회전에 당황하기는커녕 도리어 몸을 맡긴다.

초조함이 들 무렵,

쉭!

별안간 어둠을 가르고 매서운 암기 하나가 미간을 노리고 날아들었다.

"흡!"

따당!

사십사호는 몸을 뒤로 물려야 했다. 검신을 타고서 찌르르 울리는 통증이 고통스러웠다.

왼팔이 없다는 것이 한스럽다. 한 팔로만 충격을 감내하는 것이 너무나 힘들었다.

"볼썽사납군. 고작 이런 꼴이 되려고 그런 잘난 척을 했었나?"

"……!"

그때 사십사호의 눈앞에 불쑥 간독이 당도했다.

사십사호의 눈이 부릅떠진다.

간독이 차갑게 웃고 있었다.

냉소. 경멸. 무시.

예전에 자신이 간독에게 주었던 눈빛이다. 그것을 고스란히 돌려받고 있다.

사십사호의 뇌리 한편에서 무언가가 툭 끊어졌다.

"귀병 따위가 가아아아암히이이이이!"

"감히라는 말은 실력이 되고 난 후에나 하는 거야."

간독이 손을 벼락처럼 뿌린다.

한 팔과 한 팔. 팔 한 짝 없는 자들끼리 손이 마주한다.

그때 소맷자락에서 비수가 용수철처럼 튕겨 나왔다.

간독이 익힌 무흔무비는 암기를 다루는 데에 있어서는 독존도 한 수 접어야 한다는 강남의 기린아, 한 손을 흔들면 하늘이 꽃비로 가득 물든다는 화우만천(花雨滿天)의 절기였다.

퍼퍼퍽!

한순간에 과녁으로 전락하고 만 사십사호는 몸이 곤죽처럼 터져 나가며 땅 위를 뒹굴었다.

전신은 마치 고슴도치처럼 비수 십여 개를 대롱대롱 매

달고 있었다.

"흑! 흑! 흑……! 개 같은 새끼!"

간독은 씩씩거리다 여전히 분이 풀리지 않는지 사십사
호의 머리통을 냅다 걷어찼다. 머리통이 박살 났다.

대웅은 십구호의 머리통을 꽉 잡았다.

흉신악살처럼 일그러진 두 눈은 십구호를 담아낸다.

십구호는 머리가 떨어져 나갈 것 같은 고통에, 심장이
떨어질 것 같은 공포에 도무지 정신을 차릴 수 없었다.

주변의 북명검수들은 모두 죽었다.

살아남은 자들도 모두 달아나거나 병신이 되어 바닥에
뒹굴고 있다.

"크윽……! 끝이라 생각지 마라! 대장이, 유상이 너희를
다시 무찔러 주실……!"

"그럴 일은 절대 없을 걸세. 유상이 제아무리 날고 긴다
해도 북명검수들이 모두 죽은 마당에 뭘 할 수 있겠나?"

차분한 목소리가 대웅 뒤쪽에서 퍼진다.

십구호는 흔들리는 눈빛으로 목소리의 주인을 봤다.

단숨에 북명검수를 궤멸로 몰고 간 자. 천하의 유상이
짜 둔 계략을 손바닥 뒤집듯이 뒤집어 버린 자.

한유원이 평온한 모습으로 앉아 있었다.

하지만 십구호의 눈에는 귀신이 앉아 있는 걸로만 비쳤다.

"그게 무슨⋯⋯!"

"북명검수들의 탈출로는 없다는 걸세. 말하지 않았나? 이곳은 밀밀음영진. 나의 영역이란 말이지."

한유원이 진한 미소를 흘린다.

순간, 십구호는 등골을 타고 찌르르 울리는 오한에 몸을 떨었다.

분명 밀밀음영진은 기환진이라 했다.

기환진은 사람의 뇌리에 환각을 심는 진법. 하지만 지금 이곳은 본래 장소와 다를 바가 없다. 이는 공간에 다른 작용을 가했다는 뜻이다.

"이 진법은 공간을 굴절시켜 앞과 뒤를 혼재시키지. 덕분에 이곳을 빠져나가려면 생문(生門)이나 휴문(休門)을 따로 찾아야 한다네. 그런데 유상도 덫에 빠지고 혼란만 가중된 지금, 자네들이 과연 이 진법을 파악할 만한 여유를 가질 수 있을까?"

"⋯⋯!"

"이미 그대들은 구렁에 빠진 걸세. 절대 빠져나올 수 없는 구렁."

"⋯⋯."

십구호는 더 이상 아무런 말도 하지 못했다.

완패다.

머리통을 꽉 쥔 대웅의 손에 악력이 실렸다.

"제……기랄……! 더 살고 싶었……!"

퍽!

십구호의 소망은 더 이상 이어지지 못했다.

그 때문에 한유원이 뒤이어 하는 말을 미처 듣지 못했다.

"너무 걱정하지는 말게. 자네의 주인들도 곧 자네들을 뒤따를 테니."

한유원은 주변을 쓱 훑어보았다.

이미 주변은 온통 폐허다. 곳곳에 시신이 퍼져 아무렇게나 널브러졌다.

한때 북명검수였던 자들이다.

강북을 오시한다는 사대 가문, 북궁검가의 정예들이었던 이들. 하지만 지금은 이름 모를 어느 협곡에서 싸늘한 시신이 되어 버렸다.

때마침 간독이 마지막 남은 북명검수의 목을 단검으로 뜯어냈다.

"키키키킥! 이걸로 끝인가?"

간독은 매우 유쾌했다.

자신을 여태 괴롭히고 압박을 주던 사십사호를 제 손으로 처리했다. 자신을 늘 깔보고 경멸하던 북명검수들을 크게 힘들이지 않고 학살했다.

간독은 자신이 가진 힘이 생각했던 것 이상으로 대단하다는 것을 절실히 깨달았다.

그러니 기쁠 수밖에 없다.

이 힘만 있다면 자신을 이 꼴로 만들었던 놈들에게 복수를 할 수 있으리라.

아니, 복수가 다가 아니다.

흑도. 그가 태어난 고향이고 살아온 터전을 모조리 접수할 수 있다. 암흑가의 지배자가 되는 것이다.

현재까지 받은 '법'은 모두 네 가지. 아직 한 가지가 남았다.

하나하나씩 받을 때마다 하루가 다르게 강해졌는데 마지막 '법'은 어떤 것일까? 그것을 마저 얻고 백 일을 채우면 정말 어디까지 가 있을까? 이법의 공능을 모두 얻고 나면 어떤 힘을 지니게 될까?

간독은 신주삼십육성도 절대 부럽지 않으리란 희열과 기대를 안고 한유원을 보았다.

"그런데 대체 무성과 남소유는 어디로 간 거야? 남소유는 그렇다 치더라도 무성은?"

귀병들 중 무성의 목표를 아는 사람은 남소유와 한유원뿐이다. 남소유마저도 유상을 잡으러 갈 때 한유원이 귀띔해 줬기에 알았다.

"장을 치러 간다 하지 않았소?"

"그러니까 그 장을 치는 게 남소유잖아? 유상을 잡으러 간다며?"

"어째서 유상이 장이오?"

"무슨…… 너, 너, 설마……!"

간독의 눈이 경악으로 번뜩인다.

이제 다 끝났다는 생각에 긴장을 풀려는데 몸에 다시 힘이 잔뜩 실렸다.

영악한 그는 단숨에 말뜻을 알아차렸다.

"맞네. 아마 지금쯤 북궁민과 만나고 있을 걸세."

"……!"

"……이런 미친 새끼들!"

대웅마저 놀라 한유원을 돌아본다.

간독은 아예 분기탱천한 얼굴로 버럭 소리를 질렀다.

"대체 왜! 놈들이 하는 짓이 분명 마음에 안 들긴 했어도 힘을 줬잖아!"

"하지만 그 힘이 잘못되었다면? 우리의 생명을 불살라

만든 것이라면? 무신을 살해하고 나서는 바로 사라져 버릴 양초 같은 것이라면?"

"무, 무슨!"

"우리가 여기에 온 건 염원이 있어서네. 목숨을 버려서라도 이루고자 하는 소망이 있기 때문이었어. 아무것도 이루지 못한 채 스러지고 싶은가? 그저 병기 취급만, 도구로만 부려지다가 허망하게 사라지고 싶은 겐가?"

간독은 이를 악물었다. 주먹을 꽉 쥔 손이 떨렸다.

"그래도 상대는 북궁검가다! 강북을 지배한다는 사대가문! 무신의 가신이자 무신련의 정점이라고! 놈들을 적으로 돌리고도 살 수 있을 것 같아? 네놈들이 지금 대체 무슨 짓을 했는지 알긴 아냐고!"

한유원은 마치 해탈한 고승 같이 담담하게 고개를 끄덕였다.

"알고 있네. 너무나 잘 알고 있네. 우리는……."

"제기랄!"

간독은 가슴이 답답했다.

이제야 무언가 길이 보인다 생각했는데 다시 갑갑해진다. 어떻게 해야 할지 길이 보이지 않았다.

"언제는 죽을 인생 아니었나? 시련이 하나 더 더해진다고 해서 나빠질 건 없지. 하여튼 어찌할 텐가? 자네도 우리와 함께 할 텐가?"

한유원은 미소를 지었다.

그것이 간독의 타들어 가는 속을 더욱 부채질했다.

"씨팔! 어쩔 도리가 있나!"

이미 올라탄 배다. 기호지세(騎虎之勢)다. 하차는 용납되지 않는다. 그들은 운명 공동체였다.

간독의 선택에 한유원이 진한 미소를 흘렸다.

귀병.

그들은 진심으로 하나가 되었다.

'무성, 이제 너만 일을 끝내면 된다.'

한유원은 노파심 가득한 눈으로 무성이 있을 어딘가를 보았다.

＊   ＊   ＊

"하! 이용당하지 않는다? 뚫어진 입이라고 말은 번드르르하게 잘 하는구나!"

북궁민이 냉소를 띠며 더 큰 검세를 몰아붙였다.

아주 희미하지만 검신 위로는 아지랑이처럼 기가 스멀스멀 감돌았다.

검기(劍氣)다.

농밀하게 압축시킨 기를 유형화시킨 후에야 겨우 뽑아
낼 수 있는 힘. 절정에 오른 고수들만이 이룰 수 있다는 경
지.

모든 것을 갈라 버린다는 기예가 이내 제대로 된 형체를
갖추며 채찍처럼 무성의 목을 감아 왔다.

신검독행!

북궁검가의 최고 검술이 펼쳐졌다.

스스스!

검기가 포물선을 그린다. 부채꼴처럼 넓게 펼쳐진 검이
무성의 목을 자른다.

북궁민의 입가에 미소가 진하게 걸리는 순간,

텅!

힘없이 아래로 축 늘어졌던 무성의 검이 갑자기 벼락처
럼 솟구치더니 북궁민의 검을 위로 튕겨 냈다.

북궁민은 손목을 찌릿하게 울리는 고통에 호목을 부릅
뜨고 말았다.

갑자기 무성의 기세가 아까 전과 달라졌다.

"너무나 당연한 걸 왜 생각 못한 걸까?"

무성의 입술 끝이 위로 꺾인다.

"내가 설마 아무런 준비도 없이 너를 잡으러 왔을까?"

"……!"

북궁민의 머릿속에 경종이 울렸다.

그가 몸을 물리려는 순간,

쉭!

갑자기 무성이 귀신처럼 그의 눈앞에 바짝 나타났다.

진한 미소가 북궁민의 망막에 진하게 어렸다.

이윽고 시푸른 광채가 시야를 가득 뒤덮었다.

퍼퍼펑!

무성의 검이 기나긴 공명(共鳴)을 토한다.

금방이라도 부서질 것처럼 시푸른 광채를 뿌렸다.

지―잉!

'신속(神速)!'

순간, 무성의 뇌리 한편에서 무언가가 터져 나갔다.

쾅!

갑자기 세상이 느려진다. 하지만 진해진다.

평소 맡지 못했던 향이 물밀 듯이 들어와 코를 찌르고, 듣지 못했던 미세한 소리가 벼락처럼 귓가를 쩌렁쩌렁하게 울린다. 보지 못했던 빛의 산란이 망막에 맺히며 도저히 맛볼 수 없었던 쓴맛이 혀끝을 유린한다.

그것은 별세계(別世界)였다.

분명 이 세상이지만, 이 세상이 아닌 다른 영역.

그리고 무성의 영통결에 잡힌 것은 검을 뿌리는 북궁민, 그 자체였다.

북궁민의 구석구석이 한눈에 들어온다.

약점이 단번에 포착된다.

사실 이것은 북궁민이 느려진 것이 아니다.

아주 잠깐 주어진 찰나의 순간.

변이의 속도가, 곤호진기의 힘이 끝에 닿았을 때에, 무성의 몸이 극한의 속도를 냈을 때에 아주 잠깐 닿을 수 있는 세상이다.

빈틈은 점이 된다.

점(點)과 점(點). 그것을 그으니 선(線)이 된다.

이것이 바로 결(缺)이다.

무성은 결을 향해 검을 그었다.

스걱!

마치 가위로 천을 재단한 것 같은 짧은 일격.

대각선으로 그어진 섬광은 북궁민의 검을 부수고, 손목을 자르고, 상체를 깊게 베었다.

촤─악!

핏줄기가 위로 분수처럼 솟구친다.

동시에 신속도 정지했다.

느려졌던 세상이 다시 제 속도를 되찾았고, 뇌리를 새하

얇게 물들였던 '어떤 것'도 잠잠하게 가라앉았다. 단전 속의 곤호진기는 모두 메말랐다.

쿵!

북궁민이 무릎을 꿇었다.

허공을 응시하는 눈.

북궁민은 빛을 잃어갔다.

"대, 대체……?"

북궁민의 입술이 파르르 떨렸다.

도저히 상황을 이해하지 못하겠다는 상념.

아주 찰나의 순간에 빛무리가 번쩍인다 싶더니 상황이 단번에 역전되었다.

심장은 파괴되었다. 오장육부는 으스러졌다. 상체는 재기 불가능 할 정도로 모조리 훼손되었다.

무엇보다 육체를 구성하는 중요한 무언가가 잘렸다.

살아날 가능성은 전무하다.

대체 무슨 수를 쓴 것일까? 분명 방금 전까지만 해도 자신이 우세를 점하고 있었는데?

무성은 식은땀을 흘렸다. 숨소리도 거칠었다. 일어서는 것도 겨우 버티는 것이 아닐까 싶을 정도로 몸이 떨리는 것이 보였다.

하지만 귀화는 북궁민을 내려다보았다.

불과 몇 달 전까지만 해도 위치는 정반대였었는데.

"이법은 선천지기를 다루지. 선천지기의 유동 속도가 가속화할수록 잠력은 더 빨리 깨어나 육신의 변이를 이루는 속도도 빨라진다."

"그런데……?"

"하면 선천지기를 다루기에 따라 잠력을 천천히 깨우지 않고 단숨에 깨울 수도 있겠지. 잠재된 힘을 일시에 폭발적으로 표출해 내는 거다."

북궁민은 그제야 이해가 됐다.

선천지기를 가속시킨 것이다. 극한의 속도로 끌어올려 잠력을 일시에 터뜨린다.

이때 형성된 힘은 모든 것을 압도한다.

설사 검기라 하여도 무지막지한 속도와 엄청난 힘 앞에서는 가을바람에 나부끼는 낙엽에 불과하다.

하지만 반대로 육신에도 막대한 영향을 끼친다.

공력을 탕진하고 체력을 한꺼번에 소모하니 무리가 안 갈 수 없다. 무엇보다 잠력을 격발한다는 점에서 생명은 단축된다.

제 살 깎아먹기인 셈이다.

그런데도 무성은 아무렇지 않게 그 방식을 택했다.

"어차피 이법은 쓰면 쓸수록 목숨이 깎인다. 얼마 남지 않은 목숨이라면 유용하게 쓰는 게 낫겠지."

"크큭! 크크크큭! 미친놈……!"

북궁민은 유쾌하게 웃음을 터뜨렸다. 입가를 따라 피가 쏟아졌지만 너무나 즐거워 보였다.

이법은 무신련이 발굴하고 북궁검가가 오랜 연구 끝에 복원해 낸 힘이다.

곤호심법, 육전검, 매영보. 이 모든 것이 이법을 끌어내기 위해 만들어졌다.

하지만 무성은 수많은 고수들과 명숙들과 학자들이 머리를 맞대어 도출해 낸 산실을 뒤집는, 새로운 결과를 만들어 냈다.

진일보(進一步).

아주 작은 걸음에 불과하다.

하지만 무성은 북궁검가가 모르는 전혀 새로운 이법 체계를 만들어 냈다.

이 작은 물꼬가 훗날 큰 해일을 부르리라.

북궁민은 이것이 가문에 큰 우환으로 닥칠지 모른다는 예감이 들었다.

'아버지! 조금 고생하시겠습니다! 크크크큭!'

입술이 열린다.

"너……라면…… 정말…… 무신을 잡을 수……도 있겠……!"

북궁민은 그 말을 끝으로 쓰러졌다.

웃고 있는 그. 몸은 더 이상 움직이지 않았다.

"끝났……나?"

무성은 검을 지팡이 삼아 반쯤 허물어졌다. 긴장이 풀리자 몸에 힘이 쭉 빠졌다.

눈꺼풀이 닫힌다. 시야가 꺼진다.

"그래도 한 가지 얻었어."

북궁민을 잡으면서 확실해졌다.

그가 오랜 수고 끝에 얻은 힘, 신속.

어쩌면 신속의 뒤편에는 생명력을 갉아먹는 이법의 부작용을 해소할 만한 방안을 만들어 줄지도 모른다. 이법에는 여전히 수많은 공능이 잠들어 있었다.

'누나. 나 조금만 더 늦게 갈게.'

무성은 몰려오는 수마에 몸을 맡겼다.

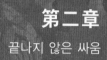

第二章

끝나지 않은 싸움

그것은 불과 얼마 되지 않은 일이다.

"아휴! 얘는 또 왜 다쳐서 들어와서는!"

무성은 사고뭉치였다.

밖에 나갔다 오면 항상 몸에 상처가 가득하다. 오른쪽 눈에는 시퍼런 멍까지 들었다.

그럴 때면 누나는 언제나 무성을 타박했다.

하지만 말과 다르게 행동은 따뜻하다. 걱정과 염려 가득한 손길로 정성스레 피를 닦아 준다.

"히히히."

"징그럽게 왜 웃니?"

"누나가 좋아서."

"되도 않는 알랑방귀 뀌지 말고! 오늘은 또 왜 싸우고 들어온 거니?"

무성은 웃던 입을 갑자기 꾹 다물었다.

누나는 길게 한숨을 내쉬었다. 고집불통인 동생이 이렇게 입을 다물 때면 속 시원한 답을 듣기란 요원했다.

"또 무관 애들이랑 싸운 거야? 친하게 지내랬잖아."

"그치만 그놈들이 먼저 누나더러 더럽다고 하잖아! 부모도 없는 고아 새끼라면서 놀리는데 어떡하라고!"

누나는 늘 이런저런 일을 한다.

밭을 경작하거나 남의 가사를 해 주는 것은 물론, 때로는 객잔의 점소이 일을 하거나 기루에서 간단한 일을 도와주기도 한다.

때문에 마을 사람들은 누나를 손가락질 했다.

악착같이 돈을 긁어모으는 돈 귀신이라며. 돈에 미친 화냥년이라며.

마을 사람들이 그러니 자식들은 오죽할까.

무성이 들어간 무관에서도 늘 무성을 놀렸다.

그럴 때면 무성은 욱한 나머지 싸움을 하고 만다.

그 때문에 전에는 무관에서 쫓겨날 뻔하기까지 했다. 만약 누나가 관주에게 통사정을 하지 않았다면 다시 들어가지 못했을 것이다.

그런데 그 새를 또 참지 못하고 사단을 벌인 것이다.

누나는 길게 한숨을 내쉬며 무성의 손을 꼭 잡았다.

"말했잖니. 다른 사람들이 뭐래건 우리만 떳떳하면 되는 거야."

"몰라! 그래도 누나를 욕하는데 어떻게 참아!"

"성아야."

"그리고 왜 자꾸 무관에 가라는 거야? 그냥 나도 옆에서 누나 도와주면 안 돼?"

누나는 말없이 무성의 머리를 쓰다듬었다.

이럴 때면 무성은 아무런 말도 하지 못했다.

저 슬픈 눈빛. 애처로운 눈길.

누나가 저런 눈을 할 때면 무성은 심장이 덜컥 내려앉는 것 같았다.

한편으로는 답답하기도 했다.

대체 무엇이 누나를 이토록 슬프게, 우리 남매를 이렇게 힘들게 만드는 걸까?

"성아야. 이것 하나만은 명심해야 해. 힘이란 건 함부로 휘두르는 게 아니란다. 그런 건 나쁜 악당들이나 하는 거야. 진정한 영웅은 아주 소중한 사람들을 지키기 위해서만 힘을 쓴단다."

누나가 밝게 웃었다.

"우리 성아는 커서 뭐가 되고 싶다고 했지?"

그것은 오래되지 않은 일.

하지만 지금은 너무 오래된 것 같이 멀게만 느껴지는 옛일이었다.

*　　*　　*

'……꿈이었나?'

무성은 조금씩 눈을 떴다.

멍하다. 어지럽다. 뒤죽박죽 혼란스럽다.

어렴풋하게 머릿속에 남은 잔상만이 조금 뚜렷하다.

누이에 대한 꿈이다.

불과 반 년 전에 있었던 일.

하지만 지금은 수년은 흐른 것 같이 가물가물하다. 그동안 너무 많은 우여곡절을 겪었기 때문이리라.

'그때 내가 뭐라고 대답했더라?'

무성은 미미하게 미간을 찌푸렸다.

어떤 단어 하나가 아른거린다.

떠오를 듯 말 듯하면서 떠오르지 않는 단어.

아주 간단했던 것 같은데.

하지만 희미한 단어와 다르게 정신은 조금씩 돌아오기 시작했다.

이성이 뚜렷해진다. 육신에 힘이 들어간다.

반대로 꿈의 내용은 서서히 옅어진다. 바람이 불자 훅 꺼져 버린 촛불처럼 꿈은 아지랑이가 되어 사라진다.

마지막 순간. 무성은 가까스로 그 단어를 떠올릴 수 있었다.

'그래 맞아. 그건……'

가슴속에 묻어 놨던 단어.

'영웅!'

무성은 완전히 눈을 떴다.

이성이 완전히 돌아왔다. 몸에 힘도 돌아왔다.

하지만 신속의 후유증이 너무 커서 몸을 움직이기가 힘들었다.

체력도, 공력도, 심력도. 모두 단번에 고갈됐다. 잠력 소모도 극심했기에 몸 곳곳이 아프다며 비명을 질러 댔다.

'꿈을 꿨던 것 같은데? 무슨 꿈을 꿨었지?'

무성은 잠시 기절했던 사이에 아주 중요한 꿈을 꿨다는

생각이 들었다.

아주 소중한 추억. 절대 잊어서는 안 될 기억.

눈을 가느다랗게 좁힌다. 머릿속을 더듬거린다.

하지만 도무지 떠오르는 것은 없었다.

'때가 되면 나중에 떠오르겠지. 우선은 몸부터 치유하자. 동료들이 있는 곳으로 돌아가야 해.'

무성은 화제를 돌렸다.

그는 북궁민을 잡기 위해 남쪽 암벽 지대에서 북쪽 구릉지대까지 한참이나 달려왔다.

다행히 북명검수들이 귀병을 상대하느라 모두 자리를 비웠기에 망정이지, 중간에 북궁민을 보호하겠다고 한 명이라도 돌아온다면 죽은 목숨이었다.

더군다나 귀병과 북명검수의 싸움이 어떻게 되었는지도 모른다.

한유원은 계략대로 북명검수를 모두 잡았는지.

남소유는 유상을 처리했는지.

간독과 대웅은 완전히 이쪽으로 포섭이 되었는지.

모든 것이 미로로 둘러싸여 있다. 홀로 외곽으로 나왔기에 초조함은 더하다.

'우선 심호흡부터.'

무성은 크게 숨을 들이켰다.

대자연이라는 큰 바다 속에서 물을 빨아들인다. 곤어가 대붕이 되려면 많은 힘을 비축해야 한다. 무성은 스스로 곤어가 되었다.

하지만 숨을 삼키는 것은 쉽지 않았다.

신속은 잠력을 격발하는 기예. 육체의 모든 힘을 쥐어짜 내기 때문에 폐도 아직 생기를 찾지 못해 많은 공기를 받아들이지 못했다.

그래도 몇 번을 반복하자 조금씩 폐가 부풀어 올랐다.

무성은 거기서 자그마한 기운 한 줄기를 잡아 억지로 끌어냈다.

기맥이 아프다며 소리를 지르고 근육과 혈관이 왜 쉴 틈도 없이 다시 움직이냐면서 반발했다.

기가 지나는 자리마다 톡, 톡, 무언가가 깨어나는 소리가 잇달아 울려 퍼졌다. 고통이 물밀 듯이 몰려오지만 더불어 감각이 깨어났다.

축 가라앉았던 몸이 서서히 깨어난다.

마치 동면(冬眠)을 취했던 냉혈 동물들이 기지개를 켜듯이.

이윽고 기운이 단전에 톡 하고 떨어졌다.

그 순간,

우─웅!

단전이 떨리고, 육신이 같이 떨렸다.

모든 감각이 개방되면서 잠들었던 잠력이 깨어났다.

몸에 활력과 생기가 돌았다.

이 일련의 기나긴 과정들이 불과 한 호흡에 불과했다.

"후우우……!"

살짝 입을 벌리고 숨을 내뱉는다.

분명 삼킬 때는 깨끗한 기운이었지만 나올 때는 온갖 잡기와 피로가 뒤섞인 탁기였다. 호흡을 돌리면서 몸의 노폐물을 한꺼번에 씻어 낸 것이다.

육체가 잠에서 깨어나자 저절로 정신도 맑아진다.

이법의 공능, 청심결(淸心訣)의 발현이다.

명안결이 깨어나 눈에 혜지가 어린다. 영통결과 보력결이 다시 상생하면서 모든 감각과 기운을 확장시켰다.

"으음! 우선 급한 불은 껐지만 여전히 몸은 좋질 못하구나."

무성은 검을 지팡이 삼아 몸을 일으키면서 살짝 인상을 찡그렸다.

보통 청심결을 발현하고 나면 대부분의 피로가 사라진다. 이지가 또렷해지고 정신이 강화되어 몸이 한결 가벼워진다.

하지만 여전히 신속의 후유증은 진한 여운을 남겼다.

몸이 조금 무겁다.

단전에 돌아온 공력도 아주 소량에 불과하다.

그래도 곤호심법의 힘은 대단한 것이라, 몸이 빠른 속도로 나아지고 있다. 대략 며칠만 정양하고 나면 다시 본래의 무위를 되찾을 수 있으리라.

'문제는 과연 그럴 시간이 있을까야.'

이번에 신속을 전개하면서 확실하게 느낄 수 있었다.

지금 이 순간에도 무성의 변이는 빠른 속도로 이뤄지는 중이다. 그런데 신속은 여기에다 기름을 퍼붓는 꼴이다. 몇 번만 사용하면 잠력이 남아나질 않을 것 같다.

과연 앞으로 몇 번이나 더 신속을 쓸 수 있을까?

신속을 통해 이법의 후유증을 보완할 방도를, 잃어버린 생명력을 되돌릴 방편을 찾았다고는 하지만, 아직 단순한 실마리에 불과하다.

더군다나 무성에게는 해야 할 일이 많다.

먼저 주익을 잡아야 한다.

'그리고 북궁검가의 추격을 따돌려야 해.'

시간은 촉박한데 해야 할 일도, 처리해야 할 일도, 만회야 할 일도 무수히 많다.

우선 일을 저지르긴 했지만, 커다란 벽에 부딪친 기분이다.

세상이란 커다란 벽.

'그래도 그까짓 벽, 얼마든지 넘어 주지.'

무성은 검병을 강하게 움켜쥐었다.

화르륵!

눈에 귀화가 다시 거칠게 타올랐다.

제아무리 험난한 일이 벌어져도 이제 무성의 무릎을 꿇리지는 못하리라.

쉭!

무성은 귀병들이 있을 남쪽으로 몸을 날렸다.

그가 떠난 자리에는 이름 모를 조촐한 봉분 하나가 놓여 있었다.

＊　　＊　　＊

무성은 망량유운을 펼치는 내내 축 처졌던 몸이 다시 깨어나는 것을 느꼈다.

다행히 평소의 칠 할은 복구되었다.

한편으로 몸이 이전과 또 달라졌다는 것도 깨달았다.

'변이가 가속화되었어. 단전은 이전보다 또 배는 확장되었고. 십이경락이 모두 열리고 기경팔맥도 대부분 뚫렸어. 어떻게 이런 일이……!'

무성은 남소유로부터 무공의 기초 이론을 강습 받았다.

몸의 구조, 혈도, 골격, 근육에 대해서도 이제 해박한 지식을 자랑했다.

덕분에 자신에게 가해진 새로운 변화가 얼마나 경이로운 것인지 잘 안다. 또한, 무수히 많은 무인들이 부러워할 만한 사건이란 것도.

기혈(氣血)과 맥락(脈絡)의 개화.

좁고 울퉁불퉁한 소로 위를 달리는 것보다, 넓고 잘 닦인 대로를 달리는 것이 훨씬 빠르고 편하다.

기라는 것도 그렇다.

기를 마차에 비유한다면 기맥은 길이라 할 수 있다.

기맥에 쌓여 있던 노폐물과 탁기가 빠져나갔다. 더욱 크고 넓어지며 튼튼해졌다. 거기다 단전까지 확장하면서 훨씬 많은 기를 수용하고 발산할 수 있게 되었다.

이제 남은 것은 아주 자잘한 세맥 몇 개와 생사현관이라 불리는 임독양맥, 그리고 두정에 어린 백회뿐.

무성은 자신도 모르는 사이에 이미 절정고수로 갈 수 있는 첫 번째 관문을 통과한 셈이다.

'체력을 억지로 쥐어짜면서 노폐물도 같이 떨어져 나간 건가? 후유증이라고 해야 할지, 기연이라고 해야 할지. 도무지 모르겠군.'

무성은 생명을 담보로 이뤄진 신체적 변화에 저도 모르게 쓴웃음을 지었다.

　그래도 생각은 오래가지 않았다.

　저 멀리 암벽 지대가 눈에 들어오기 시작했다.

　"왔는가?"

　한유원이 웃으며 무성을 맞이했다. 그는 피곤한 기색이 역력했다.

　그럴 만도 하다. 수십 명이 뒤엉키는 전장을 홀로 지휘해야 했으니.

　무성은 고개를 끄덕였다.

　"예."

　"북궁민은?"

　"묻어 주었습니다."

　"이제…… 폭풍이 불겠군."

　한유원은 크게 숨을 들이켰다.

　무성이 발의하고 한유원이 고안한 작전이다.

　뜻한 대로 풀렸다. 이미 각오도 어느 정도 해 두었다.

　하지만 막상 현실로 닥치니 숨이 턱 하고 막힌다.

　북궁검가.

　그들이 주는 이름값은 그만큼이나 무거웠다.

"얼마 지나지 않아 천옥원의 변고를 눈치 챌 겁니다. 그전에 몸을 숨겨야 합니다."

"그렇겠지."

한유원의 머릿속이 복잡하게 얽혔다.

"한데, 다른 분들은?"

"저기서 쉬고 있다네. 모두 지쳤나보이. 각오를 했어도 그들 역시 답답하기는 매한가지겠지."

무성이 한유원이 턱짓을 한 곳으로 시선을 돌렸다.

대웅은 자리에 앉아 조용히 눈을 감고 있었고, 간독은 멍하니 허공을 응시했다. 지난 피로가 한꺼번에 몰려오고, 까마득하기만 한 미래의 일에 노파심이 든 것이리라.

두 사람은 뒤늦게 무성을 발견하고 간단하게 인사를 했다.

무성도 고개를 끄덕였다.

별다른 대화는 오고 가지 않았지만 그들 사이에는 이미 '신뢰'라는 것이 싹트기 시작했다.

그러다 문득 무성은 이상한 점을 느꼈다.

"한데, 남 소저는 어디 가셨습니까?"

순간, 한유원의 인상이 딱딱하게 굳었다.

"그게 무슨 소린가? 남 소저는 자네와 같이 있는 게 아니었나?"

"예?"

무성도 무언가 이상한 낌새를 느꼈다.

"분명 남 소저는 유상을 처리하고 자네를 도우러 가기로 되어 있었네. 해서 아직 돌아오지 않기에 자네와 같이 있는 줄로만……!"

"저 역시 못 만났습니다!"

"하면 대체……!"

무성과 한유원의 시선이 반사적으로 방금 전까지 유상과 남소유가 있었던 절벽 쪽으로 향했다.

바로 그 순간,

『이 계집을 찾나?』

그들의 귓가를 때리는 전음 한 줄기!

영통결을 확대해 본 절벽 끝으로 누군가 걸어왔다.

유상이 냉소를 띠며 한 손에 축 늘어진 남소유의 뒷덜미를 질질 끌며 걸어오고 있었다.

남소유는 죽은 듯 미동도 하지 않았다.

"남 소저!"

"대체 저 아가씨가 왜 저런 꼴이 된 거야!"

무성이 놀라 크게 소리친다.

뒤늦게 이상 변화를 알아챈 간독과 대웅도 벌떡 자리에서 일어났다.

간독은 도무지 믿기지 않는다는 투가 되었다.

유상의 손에 질질 끌려온 남소유는 조용했다.

피투성이가 된 몰골. 넝마처럼 찢겨져 나간 의복. 산발이 된 머리카락 사이로 비치는 창백한 얼굴.

살짝 머리카락이 흔들리는 것만이 겨우 숨을 내쉬고 있다는 사실을 말해 줄뿐.

그 숨소리마저도 언제 끊어질지 모를 정도로 아주 미약하다.

유상은 귀병들의 태도가 매우 재미나다는 듯 평소 무뚝뚝한 그답지 않게 씩 웃어 댔다.

훤히 드러난 송곳니가 유독 차갑게 보였다.

무성은 이를 악물며 앞으로 나섰다.

'구해야만 해. 구해야만……!'

지난 두 달 간 남소유는 무성에게 마음을 열어 주었다.

낯을 가리는 터라 서먹할 때도 많았지만, 언제나 남소유는 무성에게 미소를 지어 주었다. 숨김없이 자신의 모든 것을 내주었다.

누이.

그녀는 죽은 누이를 떠올리게 하는 존재였다.

겉은 전혀 닮은 구석이 없다.

하지만 남소유가 풍기는 향기, 하얀 살결, 숨소리 하나

하나가 누이를 닮았다.

차가운 듯하면서도 순진한 면모. 낯을 가리면서도 신경을 써 주는 모습. 최대한 날카롭게 굴려 하면서도 귀여운 것은 참지 못한다.

배려심이 많고, 걱정이 많다.

그녀는 그런 존재였다.

"원하는…… 것이 뭐냐?"

무성이 억지로 목소리를 쥐어짜낸다.

분노를 최대한 삭이려 한다. 남소유에게 해코지를 할까 싶어 참고 또 참았다.

하지만 귀화는 어느 때보다 뜨거웠다.

"원하는 것?"

유상의 고개가 모로 꺾인다. 피식, 웃음이 번진다.

"없다. 그런 거."

유상은 그렇게 말하고는 마치 쓰레기를 버리듯이 들고 있던 남소유를 절벽 밖으로 휙 던져 버렸다.

"……!"

"미, 미친!"

간독과 한유원이 경악에 잠겼다.

유상이 있는 절벽은 절대 낮지 않다. 족히 칠 장은 넘어간다. 다친 몸으로 저런 곳에서 떨어져서는 뼈도 추리지 못할 것이다.

특히 귀병들과 절벽까지는 거리가 너무 멀어 구하기도 어려웠다.

하지만 무성은 뒤도 돌아보지 않고 몸을 날렸다.

쉭!

"무성!"

한유원의 외침이 들렸지만, 무성은 신경 쓰지 않고 각력에 계속 힘을 실었다.

'더! 더! 더 빨리!'

남소유가 떨어진다. 힘없이 추락한다.

마치 그 모습이 살랑거리며 불어오는 봄바람에 확 하고 꽃망울을 터뜨리는 앵화(벚꽃)의 꽃잎 같다.

추락하는 속도가 점차 더해진다.

반면에 무성이 낼 수 있는 힘에는 한계가 있다.

더, 더! 속으로 소리친다.

각력에 힘을 더하고 단전을 쥐어짠다.

극성으로 발휘한 망량유운이 몸을 자꾸만 앞으로 밀어주지만, 그녀를 잡기엔 터무니없이 느리다.

결국 무성은 극단의 선택을 내려야 했다.

'신속!'

쾅!

뇌리 한편이 다시 터져 나간다.

동시에 각력에 강맹한 힘이 실리며 땅에 삼 치 이상이나 되는 족흔이 파인다. 발바닥 뒤편으로 모래 기둥이 치솟으며 엄청난 탄력을 몸에 실어주었다.

궁신탄영. 몸을 활대처럼 휘어 그대로 허공에다 몸을 내팽개친다.

조금이라도 더 가볍게. 조금이라도 더 멀리.

억지로나마 겨우 추슬렀던 몸이 망가지는 것은 아랑곳하지 않는다.

몸이 아프다며 구슬픈 비명과 절규를 쏟아 내고, 단전이 너덜너덜해지며 그나마 남아 있던 최소한의 잠력까지 격발시켰다.

확장되었던 기혈과 맥락이 안정되기도 전에 뒤틀리다 못해 찢어졌다. 걸레처럼 너덜너덜해졌다.

정신이 내려앉을 만큼 엄청난 고통의 격류 속에서도 무성은 오로지 남소유만을 눈에 담았다.

느려진 세상 속에서 극한의 속도를 내고, 십 장이나 되는 거리를 도약하고, 삼 장이나 되는 허공에서 가까스로 남소유를 받아 냈다.

남소유가 품에 폭 하고 안기는 순간, 정지했던 세상이 다시 제 속도를 되찾았다.

'크윽!'

무성은 신속이 멈추자 몸이 부서져 내릴 것 같은 고통을 버텨냈다.

"무……성……?"

무성의 거친 숨소리를 들은 것일까?

흐트러진 머리카락 사이로 남소유가 힘없이 눈을 떴다.

파리한 안색. 긴 속눈썹이 파르르 떨렸다.

"예. 접니다. 조금만 참으세요."

무성은 이를 악물고 허공에서 몸을 뒤집었다.

파라락!

한 번, 두 번, 그리고 세 번.

곡예라 할 수 있을 만한 제비돌기를 여러 차례 선보이며 몸의 균형을 잡는다.

탁!

무성은 가까스로 무사히 착지를 할 수 있었다.

"무성……!"

남소유의 자그마한 입술이 달싹인다.

무성은 희미하게 미소를 지었다. 속은 마치 수백 개의 칼로 난도질을 한 것처럼 아팠지만, 남소유에게 그런 모습을 보여 줄 수 없었다.

"예."

"무성!"

남소유가 와락 무성에게 안겼다.

가슴팍에 얼굴을 묻는다. 가슴팍의 옷깃이 축축하게 젖는다. 눈물이 쏟아진다.

무성을 부르는 작은 한 마디에는 수많은 감정들이 소용돌이치고 있었다.

"다친 곳은요? 괜찮으십니까?"

남소유는 목이 메인 나머지 말을 제대로 잇지 못하고 미약하게 고개를 끄덕였다.

무성은 안도의 한숨을 내쉬며 천천히 그녀의 등을 쓰다듬었다. 곤호진기를 불어넣어 수혈을 짚었다.

"편히 주무세요. 눈을 뜨면 모두 끝나 있을 테니."

남소유가 뭐라 말하려 했으나 이내 몸이 축 늘어졌다.

그녀는 반으로 부러진 대검 조각을 소중한 보물처럼 꼭 끌어안고 있었다.

"이건 돌아가신 사부님이 주신 유품이에요."

무성은 예전에 남소유가 했던 말을 떠올리며 대검을 놓치지 않게 손에 꼭 쥐어 주었다.

그리고 조심스레 그녀를 바닥에 내려놓았다.

그때였다.

"일거에 힘을 증폭시키는 기예라? 공능을 이용한 새로운 공능인가? 체계가 참으로 신기해. 나도 전혀 생각지 못한 것인데."

마치 산보라도 나온 것처럼 평탄한 목소리.

탁!

절벽에서 무언가가 툭 떨어지더니 무성의 뒤편으로 가볍게 착지했다.

유상은 흥미 가득한 눈빛으로 무성을 보았다.

무사가 아닌 문인으로서 가지는 호기심이다.

"아마 그것이 북궁민을 죽인 힘일 테지?"

"유상……!"

무성은 천천히 자리에서 일어났다.

몸을 돌렸을 때, 그의 두 눈은 금세 유상을 집어삼킬 것 같은 귀화를 번뜩였다.

*   *   *

한유원은 길게 안도에 찬 한숨을 내쉬었다.

"하아아! 다행이군. 다행이야!"

"다행이긴 뭐가 다행이야? 남 씨 아가씨가 저런 꼴이 되었는데?"

간독은 애꿎은 돌멩이를 발로 걷어차며 투덜거렸다.

하지만 그의 입가에도 미약하게나마 미소가 걸렸다. 남소유를 구했다는 사실에 안도했다는 뜻이다.

그러나 그것도 잠시.

간독은 살짝 인상을 찌푸렸다.

"그런데 대체 저놈은 뭐 때문에 여기에 온 거지? 뭐 챙겨 갈 게 있다고? 복수 운운하려고 왔나?"

북명검수는 전멸했다. 북궁민은 죽었다.

천옥원의 계획이 모두 붕괴되고 만 것이다.

무슨 수를 썼는지 몰라도 유상은 남소유를 제압했다.

그렇다면 귀병이 눈치채기 전에 재빨리 천옥원에서 달아났으면 되었을 것이다.

그런데 왜 돌아왔을까?

그것도 귀찮게 남소유의 숨통까지 붙여 둔 채로?

귀병으로서는 다행스러운 일이나, 냉정하게 사태를 파악하면 의문점이 한두 가지가 아니다.

"아니. 유상은 그렇게 감성적인 자가 아니라네."

단순히 복수를 하러 왔다, 죽은 동료들의 원한을 갚으러 왔다, 이렇게 단언하기엔 이상한 점이 많다.

한유원의 눈이 깊게 가라앉았다.

머릿속이 다시 복잡해진다.

유상의 노림수는 아직 끝나지 않았다.

그 노림수가 무엇인지 빨리 알아내야만 했다.

"그래도 혹시 모르니 무성을 도와주러 가지."

간독은 얼마 남지 않은 암기를 꺼내며 무성이 있는 쪽으로 걸음을 옮겼다.

이상하게도 평소라면 당연히 따랐을 대웅이 멀거니 앉아 있었다.

대웅의 얼굴은 순박하지도 일그러지지도 않았다.

허무했다.

*   *   *

"대체 뭘 노리는 거냐?"

무성은 천천히 걸음을 옮겼다.

귀화를 잔뜩 태운 채로 유상과의 간격을 좁힌다.

근방에 남소유가 있다. 그녀가 다치지 않도록 장소를 벗어나는 것이 중요하다.

그러면서도 유상이 노리는 바를 찾는다.

유상은 북궁민을 일컬어 '주군'이 아닌 '북궁민', 즉, 이름으로 불렀다. 주종 관계를 벗어나 희롱적인 언사가 다분하다.

유상은 무언가 믿는 바가 있었다.

여유롭다. 움직이지도 검을 뽑지도 않는다. 팔짱을 끼고서 멀거니 서서 냉소를 더한다.

"노리는 것이라면 간단하지."

"……?"

"너희들, 귀병."

"……!"

"너희들은 내게 있어 아주 중요한 표본이다. 단 몇 달만에 갖춰진 절정에 육박하는 힘. 실로 무한에 가까운 잠재력을 갖춘 이법. 여태 관찰해 왔지만, 너희들은 역시나 연구할 것이 많아. 그러니 잡혀라. 우리에게."

"'우리?'"

"그래. '우리.'"

탁!

유상이 가볍게 손가락을 튕겼다.

동시에,

우와아아아아!

갑자기 전방위에서 엄청난 양의 함성이 물결처럼 퍼져와 암벽 지대를 덮치기 시작했다.

무성의 표정이 굳어지며 사방을 둘러보았다.

'대체 어느 사이에?'

항상 영통결은 주변을 순시하고 있다.

그런데 대체 언제 다른 무사들이 나타났단 말인가!

지축이 울린다. 함성에 암벽 지대가 부들부들 떨린다.

이윽고 암벽 곳곳으로 수많은 무사들이 속속들이 얼굴을 비추기 시작했다.

마치 군부에서 잘 훈련을 받은 정예병처럼 절도와 각을 딱딱 떨어지게 맞춘다. 자연스레 병진(兵陣)이 동서남북에서 각각 맞춰졌다.

병진은 모두 다섯 개. 각 병진이 보유한 무사는 일백.

그 숫자만 물경 오백이다.

그것도 최소 일류 이상으로 갖춰진 정예들.

귀병이 가까스로 해치웠던 북명검수들을 능가하는 고수들도 곳곳에 포착되었다. 그들만 추려도 오십을 훌쩍 넘길 것 같았다.

무성을 비롯한 귀병들은 물 샐 틈 없이 빽빽한 포위망을 갖춘 무사들의 위세에 한껏 압도되고 말았다.

더군다나 무성을 압박하는 것은 다른 데에 있었다.

병진 위로 크게 나부끼는 여러 개의 깃발들.

거기에 그려진 문장(紋章)은 두 개의 검이 교차하는 북궁검가의 것이 아니었다.

무(武)

용사비등한 글자체로 적힌 단 한 글자!

이 강호에서 '무' 란 글자를 문장으로 쓰는 곳은 딱 한 군데밖엔 없었다.

"무신련……!"

무신의 수족들, 무신련에서도 무신을 제외한 어느 누구의 말도 듣지 않는다는 최강의 정예들. 사대 가문도 절대 건드릴 수 없다는 자들이 이곳에 강림했다.

천룡위군(天龍衛軍)!

북궁검가의 역모를 제압하기 위해 나타난 것이다.

유상이 갑자기 절도 있게 자세를 갖추고서 다른 귀병들이 있는 곳으로 몸을 돌렸다. 무성 따윈 아랑곳하지 않는 눈치였다.

그러더니 한쪽 무릎을 꿇으며 고개를 조아렸다.

처척!

오백 명에 달하는 천룡위군들도 일제히 부복했다.

"천룡위군이 주공을 배알하옵니다!"

"배알하옵니다!"

그들의 투합된 목소리가 암벽 지대 곳곳으로 쩌렁쩌렁

하게 울렸다.

"무슨……!"

한유원의 안색이 파리해진다.

천룡위군이 모두 일제히 자신이 있는 곳을 본다.

그렇지 않아도 전혀 생각지도 못한 유상의 패에 정신이 아득해질 정도다. 엄청난 강맹한 기세 때문에 말도 제대로 나오지 않았다.

바로 그때였다.

갑자기 가만히 앉아 있던 대웅이 천천히 자리에서 일어나기 시작했다.

왜 그러나 돌아보는데, 저도 모르게 숨을 들이켰다.

평소 순박했던 대웅은 보이지 않는다.

대신에 그 자리에는 진중한 얼굴로 엄청난 패기를 발산하는 절대자가 서 있었다. 만인을 굴종케 하는 위엄을 한껏 드러내며 그가 입을 천천히 열었다.

"여기까지 오느라 수고가 많았다. 나의 아이들아."

천룡위군의 군주이자, 무신의 두 번째 제자.

패도천룡(覇道天龍) 영호휘(令狐輝).

그의 등장이었다.

第三章

또 다른 칼

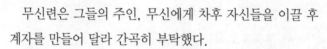

　무신련은 그들의 주인, 무신에게 차후 자신들을 이끌 후계자를 만들어 달라 간곡히 부탁했다.

　이에 무신은 각지를 뒤져 네 명의 인재를 뽑았다.

　이중 삼제자는 외유를 자주 즐겨 권력에서 멀어졌다. 사제자는 입문 시기가 늦어 기반을 다질 수 없었다.

　결국 권력 구도는 자연스레 일제자와 이제자가 양분하는 형태로 개편되었다. 당연히 그들의 뒤에는 사대 가문이 버팀목처럼 든든하게 섰다.

　하지만 그중에서도 영호휘는 사대 가문과 인척 관계를 맺어 겨우 기반을 마련한 일제자보다도 훨씬 더 유리한 측면에 서 있었다.

그 자신이 바로 사대 가문 중 하나, 영호권가(令狐拳家)를 이끄는 가주였으니.

영호권가.

각 분야에서 최고의 경지를 일구어 가문을 연 사대 가문 중 권(拳)으로서 영명을 떨친 곳.

전대 가주였던 영호상(令狐想)이 갑작스러운 주화입마로 세상을 뜬 직후, 영호휘가 갑작스레 가문을 물려받게 되었다.

이에 수많은 사람들이 우려를 표했다.

당시 영호휘의 나이는 불과 열일곱. 한 거대 가문을 이끌기엔 너무나 적은 나이었다.

설사 무신의 제자라는 직함을 갖고 있다 하여도 세력을 이끄는 것은 전혀 별개의 일이다. 실제로 무신도 무신련의 행사에는 절대 관여를 하지 않았다.

하지만 젊은 혈기에 똘똘 뭉쳐 있던 영호휘는 단숨에 모든 우려를 불식시켰다.

가진 바 패기로 가문의 전권을 휘어잡고, 아버지를 대신해 전횡을 일삼던 중신들을 모두 쳐내고 자신의 사람들로 모두 채웠다.

반발이 있었지만 오래가지 못했다.

영호휘는 가진 힘과 권력을 십분 이용해 모든 불만을 찍어 누르고 자신의 뜻을 관철시켰다.

영호권가는 빠른 속도로 혼란을 수습하고 제 모습을 되찾았다.

또한, 영호휘의 권력을 등에 업고 나날이 승승장구를 하더니 끝내 사대 가문 중 가장 큰 성세를 구가하게 되었다.

뒤늦게 하후도가(夏候刀家)에서 일제자와 인척 관계를 맺고 견제를 하려 들었으나, 이미 그때는 권력의 추가 영호권가에게로 상당수 넘어간 뒤였다.

탁월한 지도력, 사람을 휘어잡는 패기, 인재를 구별할 줄 아는 안목.

거기다 젊은 나이에 신주삼십육성에 당당히 이름을 올릴 정도로 뛰어난 무력까지.

영호휘, 그는 이미 강북의 절반을 거머쥐었다 해도 과언이 아니었다.

북궁민 따위가 비교할 재간이 아닌 것이다.

영호휘는 좌중을 쓱 훑어보았다.

무심한 눈길.

권력의 정점에 올라 만인을 내려다보는 절대자만이 가질 수 있는 눈이다.

그때 유상이 소리쳤다.

"천룡위군의 삼대장, 유상이 주공을 배알합니다."

"수고 많았다. 그동안 고생이 적지 않았을 터."

"주공의 치하 한 마디면 충분합니다."

유상은 정말 몸 둘 바를 모르겠다는 듯이 감격에 젖은 목소리로 고개를 조아렸다.

애초 유상은 영호휘가 북궁검가에 심은 밀정이었다.

그들의 모반 계획을 걸러 내는 것과 동시에 이법의 연구 결과를 캐내기 위한 밀정.

"뜻했던 것과 달리 역적인 북명검수와 북궁민은 추포를 하기 전에 모조리 참살당했지만, 그래도 다행히 결과물은 이렇게 훤칠하게 남아 있구나."

"어떠신지요?"

"만족스럽다. 아주."

영호휘가 활짝 미소를 지었다.

"이법의 공능이란 이토록 대단한 것이로구나. 앞으로 본가의 대업을 이루는 데에 있어서 큰 결과를 낳을 수 있 겠어. 그대의 공이 매우 크다."

"감사합니다."

"또한, 이곳에는 뜻하지 않게 갖고 싶은 인재들도 아주 많음이니."

영호휘는 유상에게서 시선을 거두고 한때 자신과 같이 귀병으로서 동고동락을 했던 귀병들을 돌아보았다.

그들은 모두 당황해하고 있었다.

귀화를 일렁이는 무성. 잠들어 있는 남소유. 아무 말이 없는 간독. 가장 가까이에 있는 한유원은 흔들리는 눈빛을 했다.

"비록 사부님을 시해하려는 가당찮은 죄를 꾸미려 했으나, 그것이 처음부터 그대들이 가진 의지가 아니었으니 얼마든지 참작할 수 있을 터. 본인은 그대들이 너무나 탐나는구나."

위엄과 패기. 두 가지가 물씬 풍긴다.

이미 일대는 영호휘의 권역이었다.

이 안에서 영호휘의 의지를 거스를 자는 아무도 없었으며, 불만을 가졌어도 감히 반발해 나설 만한 자도 없었다.

아니, 있었다.

단 한 명. 누르면 누를수록 튀어 오르는 존재가.

쿵!

"여태 우리를 갖고 논 것이었나, 대웅?"

무성이 한 발자국을 앞으로 내민다.

거칠게 타오른 귀화가 영호휘가 내뿜은 거력을 일시나마 밀어냈다.

순간, 영호휘의 눈에 이채가 어렸다.

북궁민을 없앴다고는 하나, 어디까지나 공능을 이용한 잔재주였을 뿐.

그마저도 남소유를 구하느라 모든 진력을 다 소모했을 텐데 대체 어디서 저런 기백이 나온 것일까?

'과연 내가 인정한 사내답구나.'

영호휘는 살면서 단 두 명의 사내만을 진정으로 자신과 어깨를 나란히 할 만한 자라 여겼다. 그중에는 대척점에 놓인 대사형도 들어 있지 않다.

한 명은 사부인 무신.

다른 한 명은 바로 무성이었다.

여태 무성이 영호휘에게 보여주었던 모습들은 너무나 인상적인 것이 많았다.

불굴의 의지와 신념. 그러면서도 절대 잃지 않는 희망의 빛.

특히나 저 귀화는 아군으로 있을 때는 너무나 든든했지만, 적으로 마주하게 되니 마음에 걸렸다.

'내 것으로 삼는다면 앞길을 비춰 줄 등잔이 될 것이다. 하지만 내 것이 되지 못한다면 앞길을 태워 버릴 존재. 그렇다면 꺼 버려야겠지. 다시는 켜질 수 없도록.'

쿵!

영호휘가 다시 한 걸음을 내딛는다.

무성이 흩어버렸던 묵직한 중압감이 다시 사위를 압도했다.

"뜻하지 않게 그렇게 되었으나 절대 그대들을 기만할 생각은 없었다. 본인이 원했던 것은 어디까지나 이법의 공능과 북궁검가가 모략을 꾸민다는 증거 뿐."

영호위의 입가에 걸린 미소가 두터워지며 말을 이었다.

"만약 그대들을 유린할 생각이었다면 이렇게 시간을 끌지 않았겠지."

무성에게서는 잠시간 말이 없었다.

그 역시 영호휘가 마음만 먹었다면 천룡위단을 움직여 귀병들을 모조리 짓밟았을 거란 걸 자각하고 있었다.

"그럼 뭘 원하는 거지?"

"그대들."

"……!"

"사실 그대들을 살려 둘 생각은 없었다. 분명 사부님을 시해하려 획책한 것부터가 극형에 처해도 모자를 중죄이니. 하지만 그동안 그대들이 보였던 모습들은 본인을 감복시키고도 남음이었으니."

"……."

"하지만 그대들의 의지는 북궁검가가 심은 것. 그 정도는 본인의 힘으로 얼마든지 면책이 가능하다. 물론 사제들이 그대나 저곳에 누워 있는 남 소저에게 저지른 일들은 너무나 미안하게 생각한다."

영호휘는 느긋하게 말을 이어 나갔다.

"하지만 나와 함께라면 추후 얼마든지 사제들에 대한 복수도 이룰 수 있을 터. 또한, 이법이 가진 후유증을 치료할 수 있도록 모든 지원도 아끼지 않겠다고 약조하마."

영호휘는 너무나 오만하게 턱을 들어 올리며 말했다.

"그러니 고한다. 본인의 것이 되어라."

무성을 비롯한 귀병들은 아무런 대답도 하지 않았다.

＊　　　＊　　　＊

'미안하다고? 그러니 자신의 것이 되라고?'

무성은 속이 부글부글 끓는 것 같았다.

몸은 여전히 천근만근처럼 무겁다. 고통은 계속 이어진다. 그대로 주저앉고 싶은 마음으로 가득하다. 청심결은 가동되지 않았다.

반대로 마음은 불길로 타오른다.

저들은 왜 이리도 지독하게 오만한 것인가.

권력을 가진 자들은, 꼭대기에 앉은 자들은, 정말 그들이 원하는 대로 세상이 움직인다 생각하는 것일까.

그것이 무성으로 하여금 반발심을 일으켰다.

모두 부수고 싶다.

저들의 오만한 낯짝을 깨 버리고 싶었다.

하지만 지금의 무성에게는 그런 힘이 없었다.

검병을 쥐는 손길이 떨리기만 했다.

                    *   *   *

영호휘는 그들이 고민을 한다고 여겼다.

특히 고개를 숙인 무성은 눈빛을 읽을 수 없었다. 속으로 엄청난 갈등을 하고 있는 것이리라.

그는 오랜 고민은 결국 동의로 이어진다는 것을 잘 안다. 힘을 주고, 후유증을 낮게 하고, 복수까지 돕겠다고 했으니 거절할 이유가 없다.

영호휘는 다시 고개를 비스듬히 옆으로 돌렸다.

사실 귀병 중에서 포섭하고 싶은 자는 따로 있었다.

"그대는 어떻소, 묵혈(墨血)?"

한유원의 눈가가 파르르 떨렸다.

나지막한 목소리.

좌중의 공기를 단숨에 휘어잡는 무게가 느껴진다.

절대 거역할 수 없는 힘마저 물씬 풍긴다.

하지만 한유원은 다른 이유로 몸을 부르르 떨었다.

영호휘가 입에 담은 묵혈이라는 단어.

돌아가신 옛 스승이 자신에게 남겨주셨던 자(字)다.

그러나 그는 늘 자신의 자를 가슴에 품어 왔다. 대신에 학적(學翟)이라는 호(號)를 가지고서 생활해 왔다.

학림원에서 동문수학했던 동기들도, 귀병이 되기 위해 동고동락했던 동료들도 전혀 그 사실을 모른다.

그런데도 영호휘는 그것을 입에 담았다.

자신의 진실한 정체를 안다는 뜻이다.

"묵가의 마지막 남은 후예. 빛바랜 역사 속으로 사라진 조사를 대신해 세상에 나와 제 뜻을 맘껏 펼쳐보려 했으나, 재주를 시기하는 모함꾼들에 의해 추락해야만 했던 비운의 인사. 본인은 오래전부터 그대를 지켜봐 왔다오."

영호휘가 빙그레 미소를 짓는다.

"자인 묵혈은 '묵가의 피'라는 뜻. 몸속에 흐르는 피를 잊지 말라는 뜻에서 당신의 스승이 남긴 유언이지. 호인 학적은 '묵자를 배우자'는 뜻. 적(翟)은 시조인 묵자의 본명이니. 그렇지 않소?"

"……."

"내가 이곳에 온 것은 북궁검가의 모반을 잡으려는 것에 있지만, 이면에는 그대를 얻으러 온 것도 있음이니."

한유원은 이를 꾹 다물었다.

영호휘의 목소리는 엄숙하다. 상대로 하여금 절대 거역할 수 없게 만드는 힘이 숨어 있다.

무엇보다 그는 자신을 잘 알고 있었다.

호와 자에 숨은 뜻을 너무나 잘 간파하지 않는가.

본디 묵가는 모든 것을 사랑하자는 겸애(兼愛)를 중심으로 하나, 이면에는 기존 권력에 대항하고자 하는 민중의 목소리가 숨어 있다.

때문에 춘추전국시대 당시 묵가는 천하를 떠돌며 강대국 사이에서 괴로워 신음을 토하는 약소국들을 도왔다.

병법, 계략, 전술, 전략, 용인, 진법.

모든 분야에서 독특한 체계를 구성했고 세월이 흐르면서 전혀 새로운 모습으로 진화했다.

그 모든 정수를 물려받은 것이 바로 한유원이다.

"어떻소? 나와 함께 하지 않겠소?"

영호휘가 자애로운 미소를 띠며 손을 뻗는다.

큼지막한 손이다.

이전에는 다른 귀병들과 같이 나무를 하고 기관을 보수하던 손이다. 하지만 사실은 권력의 정점에 서서 고생을 모르던 손이다.

"분명 나에게 이렇게 지극한 관심을 가져준 것은 귀하가 처음이오."

한유원은 담담하게 웃는다.

그는 더 이상 영호휘를 대웅이 아닌 영호권가의 가주로 대접하고 있었다.

군주가 모사를 받아들이기 위해 직접 행차하는 것은 아주 오래전에는 자주 있었던 일. 그럴 때면 모사는 늘 극진하게 군주를 대접한다.

"하지만 안타깝게도 이미 본인에게는 따로 택한 길이 있소이다."

한유원은 오른손으로 땅바닥을 두들겼다.

두—웅!

범종이 울리는 듯한 소리.

지축이 미약하게 떨린다. 거친 파동이 동심원을 그리며 전방위로 퍼졌다.

북명검수를 전멸로 몰아넣은 기환진, 밀밀음영진의 발동이었다.

쏴아아아!

땅 위로 튀어 오른 먼지가 불어오는 바람을 따라 흩어지며 자욱한 먼지구름을 만들어 낸다. 삽시간에 영호휘 주변이 온통 뿌연 안개로 가려졌다.

그 순간,

휙!

갑자기 영호휘 뒤편으로 그림자가 불쑥 튀어나왔다.

"쫑알쫑알 거 되게 말 많네! 시끄러워 죽는 줄 알았다고!"

몰래 무영화혼으로 접근했던 간독이 어느새 영호휘의 후미를 점하며 비수로 목덜미를 찍으려 했다.

"제아무리 머리에 든 게 많다 하여도 때로는 어리석은 길을 택할 때가 있지. 그래서 아직 그대들이 땅바닥에서 헤어 나오지 못하는 것이란 걸 왜 모르나?"

갑자기 영호휘가 몸을 돌리며 손을 간독 쪽으로 뻗었다.

우악스러운 손길은 간독의 손목을 잡아채는 것으로도 모자라 직각으로 부러뜨렸고, 이어서 왼손이 허리를 감으며 그대로 땅에다 패대기쳤다.

영호휘는 간독의 복부 위에다 세게 주먹을 내리쳤다.

콰—앙!

"커헉!"

간독의 벌린 입을 타고 피 화살이 위로 튀어 올랐다.

거기서 생긴 거친 파동은 단숨에 먼지구름을 말끔하게 지워 버렸다.

쿠르르!

충격파가 얼마나 대단한지 땅이 한참이나 울렸다.

영호휘는 오만한 눈길로 간독과 한유원을 내려다보았다.

방금 전까지만 해도 호의로 가득 했던 시선은 마치 벌레를 보는 것처럼 무심하기만 했다.

그가 흩뿌린 패기는 이미 다른 귀병들을 모두 압도하고도 남았다.

*　　*　　*

무성은 앞으로 움직이다 말고 목젖에 겨누어진 검 때문에 멈춰야 했다.

"이 이상 가지 못한다."

어느덧 유상이 그의 옆에 서 있었다.

더군다나 오른손으로는 무성을, 왼손으로는 비수를 꺼내 남소유를 겨누었다.

"계집을 살리고 싶으면 가만히 있는 게 좋을 거야."

"……."

무성은 이를 악 다문 채 가만히 서 있어야 했다.

＊　　　＊　　　＊

"컥! 커컥!"

바닥에 쓰러진 간독은 연거푸 피를 쏟았다.

흉골과 늑골이 박살 났다. 내장은 으스러졌다.

단 일격에 불과했지만 영호휘가 발휘한 망둔격퇴(輞鈍擊槌)의 위력은 그만큼이나 대단했다.

겉면을 박살 낼 뿐만 아니라 내가중수법의 묘리까지 더해 내부는 아예 소용돌이 모양으로 으깨 버린다.

"흔히 외경거마는 칠 척이 넘는 덩치와 금강불괴에 달하는 외피 때문에 외공에만 조예가 깊을 거라 오해하기 쉽지. 하지만 외경거마만큼 내공에 대한 깊이도 같이 겸비한 사람은 없을 터."

영호휘가 북궁민으로부터 받은 무공은 둔황조공. 외경거마는 둔황조공의 본래 주인이었다.

"내공을 자유자재로 다루지 못한다면 외공을 그렇게 발전시킬 수 없거든. 여하튼 덕분에 나도 배운 바가 많아 아주 기쁜 나날이었다. 뛰어난 무공을 익히는 것은 언제나 즐거운 일이거든."

영호휘가 차갑게 웃었다.

"아, 그리고 이런 꼴이 되었다고 걱정은 하지 않아도 될 것이다. 당장 죽지는 않을 테니. 이법이 주는 공능은 그 정도에 죽을 정도로 호락호락하지 않으니."

영호휘는 고개를 들어 인상이 잔뜩 굳어진 한유원을 보았다.

"그래, 묵혈. 고작 이까짓 대답을 하려 이런 소란을 피운 건 아니겠지요?"

"……."

한유원은 손바닥으로 땅을 몇 번이고 두들겼다.

하지만 여전히 대지는 잠잠하기만 하다.

미간이 좁혀진다. 이마에 송골송골 맺힌 땀이 골을 따라 흐르다 볼 쪽으로 사라진다.

'진법이 가동되질 않아!'

영호휘가 간독의 기습을 막아냈을 때, 한유원은 다시 기환진을 발동하려 했다.

이번에는 기습이 아닌 도피를 위해서.

하지만 대지는 꿈쩍도 않았다. 무슨 이상이 생겼다.

"아, 혹시 그 이상한 기환진을 기대하는 것이라면 접어 두는 것이 좋소. 좀 거치적거리기에 부숴 버렸거든."

'아아!'

한유원은 나락으로 떨어지는 기분이었다.

결국 이것이다.

영호휘가 계속 자신의 주변을 맴돌았던 것은 보호하려던 것이 아니라, 진법의 중심이라 할 수 있는 축(軸)을 찾으려던 것이었다.

아마 그의 영민한 머리라면 밀밀음영진이 어떤 원리와 방식으로 운영되었는지를 단숨에 꿰뚫어 봤을 테지.

한유원의 고개가 떨어진다.

눈빛이 까맣게 죽는다.

패배 선언이다.

한유원이라는 모사는 유상과 영호휘에게 패하고 말았다.

너무나 비참하게. 사문의 염원을 이루지도 못한 채.

"흠! 결국 이 정도의 그릇밖에 안 되는 것이었나? 어쩔 수 없군."

결국 영호휘는 흥미가 사라졌다는 투로 천룡위단을 돌아보았다.

"천룡위단은 들으라!"

"하명하시옵소서!"

오백의 장정들이 일제히 소리친다.

"사부님을 해하려던 역도들이다. 모두 천참만륙 내어 머리를 저잣거리에 내걸어야 할 것이다."

"존명!"

쉬시식!

석상처럼 꿈쩍도 않던 천룡위단이 일제히 움직이기 시작한다.

병진이 넓게 펼쳐진다.

후열의 무사들이 좌우로 흩어져 절대 빠져나갈 수 없는 포위망을 갖추고, 중열의 무사들이 두텁게 서서 방벽을 세우며, 전열의 무사들이 한참이나 앞으로 나서서 적을 압박하는 창이 된다.

천룡위단이 자랑하는 탄벽창검진(彈壁槍劍陣)이다.

그들이 일사불란하게 움직인다.

대지가 크게 울린다.

엄청난 기세가 노도처럼 밀어닥친다.

와아아아!

반면에 그들 앞에서 귀병들은 풍전등화보다도 못한 신세가 되었다.

귀병들은 모두 힘을 잃었다.

간독은 내장이 으스러져 기식이 엄엄하고, 남소유는 기절해 상황을 판단 내리지 못한다. 무성은 두 번의 신속으로 걸음도 옮기지 못하며, 한유원은 말 할 것도 없다.

그럼에도 어느 누구 하나 목숨을 구걸하지 않는다.

살려 달라 빌지 않고, 당신을 따르겠노라고 외치지 않는다.

그러면 분명 영호휘가 거둬 줄 거란 걸 알면서도.

귀병이 택한 것은 신뢰. 그리고 동료애였다.

비록 이곳에 왔을 때는 모두가 꺼려하는 남남이었으나, 지금은 둘도 없는 분신이 되었다.

'이것을 가능케 한 것이…… 무성이었지.'

한유원은 눈을 질끈 감았다.

복수에 미친 살인귀였던 무성.

하지만 그 아이가 마음을 되찾고, 자신의 뜻을 세우고, 등을 돌렸던 사람들의 마음을 되돌렸다.

어느 누구도 이루지 못했던 기적을 일궈 냈다.

'그래. 이 늙은 나는 이제 죽을 때가 되었다지만, 아직 어린 너만은 살아야 하지 않겠느냐?'

한유원은 다시 눈을 떴다.

흐리멍덩했던 눈은 무언가 다짐한 의지로 갖춰졌다. 무성을 닮은 귀화가 타올랐다.

"간독."

아주 작게 중얼거린다.

다행히 영호휘는 수하들을 맞이하러 다른 곳으로 걸음을 옮기는 중이었다.

간독은 하늘을 보며 거칠게 숨을 몰아쉬다 말고 눈동자

만 데구루루 굴렀다.

"왜……?"

"한 가지만 부탁함세."

"크……크큭! 네가 나에게…… 부탁을? 살다 보니……
별일도 다 있군……!"

한유원과 간독은 늘 으르렁대기만 했다.

처음 만났을 때부터 그들은 서로에 대한 인상이 좋지 않
았다.

한유원은 흑도 출신으로서 색마였던 간독이 더럽게 여
겨졌고, 간독은 깨끗하고 고고한 척하면서 겁 많은 한유원
을 경멸했다.

하지만 지금 이 순간 두 사람은 둘도 없을 벗이었다.

"저놈……들 낯짝에다…… 똥칠 좀 할…… 수 있나?"

"아예 들이 붓게 해 주지."

"키킥! 하겠다. 뭐냐……?"

한유원이 무어라 말을 한다.

말이 길어질수록 간독의 표정은 딱딱하게 굳어갔다가
이내 피식 웃음을 터뜨렸다.

"발……악이군. 후회는 없겠……지?"

"없네."

"좋아."

살짝 벌어진 입술 사이로 간독의 송곳니가 차갑게 번뜩였다.

그 순간, 한유원은 밀밀음영진을 가동시키던 오른손이 아닌 왼손으로 땅을 짚었다.

*   *   *

"너와의 인연도 여기까지로군."

어느덧 천룡위단은 주변까지 다가왔다.

유상은 마무리를 위해 무성의 목젖에 겨누었던 검을 움직였다. 남소유를 향하던 비수도 힘껏 던졌다.

그 순간, 무성이 몸을 옆으로 틀었다.

쉭!

유상의 검이 아슬아슬하게 목덜미 위를 슬쩍 훑고 지나간다. 작은 생채기와 함께 피가 튀었다.

동시에 들고 있던 검을 남소유 방향으로 던졌다.

챙!

비검술(飛劍術)과 함께 비수가 허공에서 튕겨났다.

무성은 남소유 쪽으로 몸을 던졌다.

데구루루. 무성은 남소유를 품에 꼭 끌어안고 바닥을 굴렀다.

"쥐새끼 같은 놈!"

유상은 재빨리 무성을 향해 재차 검을 휘둘렀다.

촤악!

등이 갈라지면서 피가 더 크게 튄다.

그래도 다행히 무성은 척추가 끊어지는 불상사는 모면할 수 있었다.

하지만 이것이 끝은 아니다.

그녀를 안은 채 고개를 든다. 귀화가 유상을 비췄다.

'이제 어떻게 하지?'

타다닥!

유상이 거칠게 달려온다. 잔뜩 일그러진 모습을 하고서 살의를 줄줄 흘린다.

반면에 무성에게는 아무것도 없다. 대항할 검은 던졌고 내공은 바닥났다. 그나마 조금 남아 있던 체력도 남소유를 구하느라 모두 소모했다.

끝이다. 정말 끝이다.

쐐애애액!

유상의 검이 그리는 궤적이 시야를 가득 메우는 순간,

'누나!'

죽은 누이의 얼굴이 떠오르며 기적이 발생했다.

쾅! 콰콰쾅!

갑자기 대지가 크게 들썩이기 시작했다.

곳곳으로 엄청난 균열이 사방팔방으로 그어지며 지반이 무너졌다. 딛고 있던 땅이 옆으로 기울어지거나 잘게 부서졌다.

땅과 땅 사이로 난 균열 위로 새카만 재와 탄내, 그리고 시뻘건 화마가 용암처럼 치솟았다.

쿠쿠쿠쿠!

세상이 무너져 내릴 것 같은 충격파!

그것은 북명검수들이 요새를 무너뜨렸을 때와 똑같은 힘이었다.

화탄과 폭약. 두 가지를 이용한 연쇄 폭발이 일대를 초토화시키고 있었다.

아니, 그때와는 비교도 할 수 없었다.

이것은 천옥원, 그 자체를 무너뜨리는 힘이었으니.

콰콰콰콰콰!

그리고 거친 불길이 지나간 자리 위로 이번에는 엄청난 높이의 물기둥이 높게 치솟았다.

수맥이 터졌다.

유상은 대지가 흔들리며 무성과 남소유가 멀어지는 것을 멀거니 지켜봐야만 했다. 쫓아가려 해도 균열에서 불길과 물기둥이 치솟아 함부로 움직일 수 없었다.

잠시나마 북궁민의 오른팔이었던 그는 안다.

이것이 유사시에 대비해 천옥원을 붕괴시키기 위해 매설한 자폭 장치라는 것을.

천옥원 지하에는 엄청난 양의 수맥이 흐르고 있고, 그 주변에는 또 수많은 화약이 매장되어 있었다.

그런데 그걸 건드릴 줄이야!

저 멀리 이런 일을 꾸민 원흉이 보였다.

지략 싸움에서 패배시켰다 생각했던 모사꾼이 그를 향해 담담히 웃고 있었다.

"한유우어어어어언!"

거친 연쇄 폭발과 함께 암벽 지대도 일제히 무너져 내리고 있었다.

수십 개의 암벽이 일거에 쓰러지면서 수천 개의 크고 작은 낙석들이 모래 안개를 동반하며 폭우처럼 쏟아져 내렸다.

그 아래로 무언가가 바람처럼 빠르게 내달렸다.

무성은 갑자기 자신의 허리를 휘감은 손길의 주인을 보며 놀라고 말았다.

"간독? 어떻게?"

간독이 거친 길을 내달리고 있었다.

화마(火魔)와 수마(水魔). 인재와 재해가 일으키는 대혼란 속에서 한 팔에는 무성을, 등에는 남소유를 업고서.

분명 방금 전에 영호휘에게 당했을 텐데?

"키키킥! 신속을 너만 쓸 수 있다고 생각한 건 아니겠지?"

"아……!"

"물론 너만큼 잘 다룰 자신은 없지만. 제기랄! 이 간독이, 내가 아닌 타인을 위해서 목숨을 던지는 날이 올 줄이야. 너, 이 빚은 나중에 톡톡히 갚아라."

쉭! 쉭!

땅을 내디딜 때마다 간독은 마치 무게가 없는 사람처럼 앞으로 쭉쭉 뻗어나갔다. 화마와 수마도 마치 그를 피해가는 것 같았다.

천룡위단은 균형을 잃고 너무 큰 피해를 입어 그를 잡을 엄두를 내지 못했다.

무성은 저만치 사라지는 암벽 지대를 보다 뒤늦게 이상한 낌새를 알아차렸다.

"간독! 멈춰! 숙부님이 아직 저 안에 계셔!"

순간, 간독의 표정이 딱딱하게 굳었다.

"안다."

"안다면서 이게 무슨……!"

"이게 한가 놈의 마지막 부탁이었어."

무성은 머리가 새하얗게 지새는 것 같았다.

"멈춰! 멈추라고! 당장 멈춰! 이 개새끼야!"

무성은 벗어나려 발버둥을 쳤지만, 간독은 그래도 꿋꿋이 각력에 힘을 더했다.

이미 힘을 잃은 무성은 간독을 당하지 못했다.

*　　　*　　　*

영호휘는 커다란 손으로 얼굴을 덮었다.

"하하하! 이런 수를 쓸 줄은!"

수하들이 죽어 나간다.

낙석과 지진, 화마와 수마, 폭풍과 폭발이 계속 명멸을 거듭하며, 그가 여태 전력을 다해 만들었던 천룡위단을, 무신련의 최고 정예 중 하나라는 무적군단을 모조리 초토화시키고 있었다.

그런데도 영호휘는 웃음을 그칠 수 없었다.

맞은편에 앉은 한유원은 담담하게 답했다.

"분명 나는 그대와 마뇌에게 모사로서 패배하고 말았소. 하지만 귀병으로서 패하지는 않았지."

"귀병은 자객이니까?"

"그렇소. 자객은 무슨 수를 써서라도 결과를 만들어 내는 자들. 우리에겐 부질없는 명예나 명성보다 당장의 목숨과 안위가 더 중요하다오."

"하하하하하하!"

영호휘는 한유원이 무슨 수를 썼는지 대충 알았다.

아마 이곳에는 다른 진법이 숨어 있었으리라. 기환진은 부서졌으니, 수맥과 폭약을 건드리는 파동진(波動陣)이 아니었을까 추측했다.

"정녕 나와 함께 할 가능성은 없는 거요, 묵혈?"

영호휘는 이런 일을 겪고도 여전히 한유원이 탐났다.

그라는 모사 하나만 있어도 지금 겪은 피해는 모두 복구하고도 남을 만한 가치가 있었다.

하지만 한유원은 단호하게 고개를 저었다.

"분명 몇 달 전에 귀하가 찾아왔더라면 뒤도 돌아보지 않고 따랐을 테지. 목숨을 다해 귀하와 함께 영호권가를 제이의 무신련으로 만들었을 거요."

"한데, 왜?"

"이미 말하지 않았소? 내 이미 택한 길이 있노라고."

"하아! 결국 사람 일이란 건 다 적기가 있기 마련인가? 아쉽소."

"나 역시."

"어쩔 수 없지."

영호휘의 인상이 차갑게 굳었다.

"잘 가시오. 묵혈."

'잘 지내야 한다, 조카야.'

마지막 가는 길의 한유원은 미소를 짓고 있었다.

＊　　＊　　＊

"숙부우우우우우!"

무성의 구슬픈 외침만이 공허하게 울려 퍼졌다.

第四章

칼집 속으로

낙석이 먼지구름을 동반한 호우처럼 쏟아진다.

하지만 간독은 달리는데 전혀 거침이 없었다.

마치 이대로만 가면 아무런 해도 없을 거란 걸 진즉에
알고 있었던 것처럼. 실제로 이 길은 한유원이 그에게 가
르쳐 준 탈출로였다.

간독의 눈동자가 깊게 가라앉았다.

다리는 길을 열고 있었지만, 눈은 이전을 좇았다.

"지금부터 진파동진(震波動陣)을 발동할 걸세."

"진파동진?"

"혹 유상에게 내 계책이 모두 읽혀 위험에 잠겼을 때에 마련해 둔 것이라네."

"너, 목숨을 걸었군."

"어쩔 수 없지 않나? 누구라도 남아서 놈들의 발목을 잡아야 하지. 하지만 보다시피 나는 얼마 움직이지 못할 테니 어쩔 수 없지. 허허허!"

"무성, 그놈이 발악을 해 댈 텐데?"

"자네가 잘 좀 설득해 주게."

"제기랄! 그 더러운 성질머리를? 내가?"

"놔! 놓으라고! 이거 놓으란 말이야!"

무성이 발버둥 친다.

팔을 때리고 어깨를 두들기고 얼굴을 후려친다.

하지만 전혀 힘이 없다. 발작을 하지만 신속을 발휘하는 간독에게는 파리가 앉은 것처럼 약할 뿐이다.

그래도 앵앵거리는 꼴이 짜증 난다.

평소대로라면 그냥 버리고 갔으리라.

'빌어먹을 놈!'

하지만 간독은 이를 악물었다. 눈빛은 다시 한유원을 좇았다.

"잘 부탁하네, 조카를. 그 아이……. 겉으로는 억센 것 같지만 사실 속은 어느 누구보다 여린 아이야."

모든 진심을 담아 말하던 한유원의 유언.

그것은 간독의 얼어붙은 마음까지 움직일 정도였다.

"놓으라고……! 제발……! 제발! 숙부님이! 숙부님이 저기 계시다고……!"

저만치 멀어지는 천옥원을 보면서 무성이 끝내 눈물을 터뜨리고 말았다. 고개를 떨어뜨린다. 몸에서 힘이 쭉 빠져나갔다.

어깨 부근이 축축해지다 눈물이 그쳤다.

끝내 탈진하고 만 것이다.

"빌어먹을."

간독은 다시 욕지거리를 내뱉으며 무너진 천옥원의 마지막 암벽을 통과했다.

*   *   *

어디선가 잔잔하게 들리는 한유원의 목소리.

"내 이름은 한유원일세."

"복수라는 것은 헛된 미망(迷妄)과도 같은 것이라네."

"그럼 이 위험한 곳에서 한번 잘 살아남음세. 조카."

"정말 이 길을 택하겠나? 너무나 위험하네."

"조카의 결심이 섰다면 그것을 옆에서 도와주고 묵묵히 지켜봐주는 것이 숙부의 도리."

목소리는 점차 엷어진다.

"먼눈으로 세상을 보지 마시게. 가까운 눈으로. 밝은 눈으로. 세상은 비뚤어지고 더럽지만, 가까이 들여다보면 여전히 밝고 아름다운 곳이라네."

"그러니 행복하시게. 부디."

이제는 만나지 못할 얼굴.

언젠가 그에게 묻고 싶었다.

'숙부님은 저와 만나 행복하셨습니까?'

그 순간, 어디선가 그 대답이 들려오는 듯했다.

"물론."

                        *   *   *

"숙부님!"

무성은 거칠게 소리치며 벌떡 자리에서 일어났다.

온몸이 식은땀으로 축 젖었다.

몸이 천근만근 무겁다.

"으으윽……!"

갑자기 움직여서 그런지 속이 메슥거리고 현기증이 돌아 어지럽다. 근육과 관절이 갈기갈기 찢어진 것처럼 고통이 엄습하고, 뼈마디에 찬바람이 든 것처럼 시리다.

하지만 가장 아픈 것은 몸이 아니다. 마음이다.

"일어났나?"

그때 옆쪽에서 목소리가 들렸다.

고개를 돌리니 자글자글 타오르는 모닥불이 보인다.

이미 세상은 어둠이 내려앉은 밤.

토끼 두 마리가 꼬챙이에 끼워져 뱅글뱅글 춤을 추며 고소한 냄새를 풍긴다.

모닥불 앞에는 착 가라앉은 눈빛을 한 간독과 무릎을 끌어 모은 채 쓸쓸하게 있는 남소유가 보였다.

"먹어. 움직이려면 힘을 비축해야 하니까."

간독은 바싹하게 구운 토끼 뒷다리를 뜯어 무성에게 내밀었다.

순간, 흐리멍덩하던 무성의 눈가에 귀화가 타올랐다.

탁!

무성은 거세게 간독의 팔목을 후려쳤다.

토끼 뒷다리는 허공으로 떠올라 바닥에 아무렇게나 굴렀다.

"숙부님을 그런 곳에 내버려 둔 주제에 밥이 입으로 넘어가나? 자기 혼자 살겠다고 사람을 버리고 달아난 주제에 아무런 가책도 느끼지 않나?"

무성의 입술 끝이 비틀어졌다.

"그래. 그랬지. 너는 그런 놈이었지. 주익과 같은 새끼! 자기만 무사하면 그만이라는 그딴 썩은 머릴 가진 놈이었지?"

귀화가 거칠게 일렁거린다.

간독을 바라보는 무성은 노호를 터뜨렸다.

다시는 찾지 못할 숙부를 그런 꼴로 만든 간독에게 증오한다. 또한, 분노하고 있었다.

여전히 무성의 귓가엔 한유원의 목소리가 잔향처럼 남아 있다. 눈가엔 그 모습이 잔상처럼 아른거린다.

그렇기에 분노와 흥분은 가라앉지 않았다.

간독은 묵묵부답이었다.

그저 모래 범벅이 된 고기를 응시하기만 할 뿐.

"주워."

"닥쳐."

"주워."

"명령하지 마."

"주우라고 했을 텐데?"

"명령하지 말……!"

퍽!

갑자기 간독이 무성의 면전에다 주먹을 꽂았다. 잠력을 격발하면서 어느 정도 치유가 되어 주먹 뼈가 어느 정도 붙은 것이다.

코뼈가 내려앉는 듯한 거친 소리와 함께 무성은 볼썽사납게 바닥을 굴었다. 그가 내친 토끼 뒷다리와 같은 꼴이 되고 말았다.

무성은 이를 갈며 고개를 들었다. 귀화가 더 거칠게 타올랐다.

하지만 간독은 그 귀화 위로 발길질했다.

퍽!

무성은 팔을 교차해 얼굴을 보호했지만, 발끝은 턱을 세게 강타했다.

골이 흔들린다. 눈앞이 아른거린다.

간독은 계속 발길질을 했다. 걷어차고, 짓밟고.

하나밖에 없는 주먹으로 내려치기도 했다.

흑도 바닥을 구르며 싸움에 있어서는 일가견이 있는 간독이니 어디를 때리는 것이 가장 효과가 좋은지를 잘 알았다.

이따금 무성이 저항을 하거나 반격을 시도하려 했다.

하지만 그때도 여지없이 간독의 발길질이 날아들며 무성의 행동을 막아버렸다. 더군다나 무성은 체력도 공력도 없어 몸이 엉망이었다.

"나인들 그러고 싶었는지 아나? 내가 아무리 은혜고 뭐고 모르는 쓰레기라지만 최소한 도리라는 것은 안단 말이다!"

간독은 억지로 겨우 눌러놨던 분노를 단번에 폭발시키고 말았다.

"근데 뭐? 내가 뭐? 혼자 살아? 씨팔! 진짜 그럴 것 같았으면 네놈이고 저년이고 다 버리고 튀었어!"

"그렇다고 해서 네가 숙부님을 버린 건 달라지지 않아!"

별안간 두들겨 맞고만 있던 무성이 벌떡 일어나 주먹으로 간독의 턱을 세게 후려쳤다.

골이 띵하게 울리자 간독이 주춤 물러선다.

무성은 몸을 던져 녀석의 허리를 붙잡고 넘어졌다.

두 사내가 엉키며 바닥을 구른다.

퍽! 퍽!

때로는 무성이 올라타 간독을 내려치고, 또 때로는 간독이 위에 올라가 걷어찬다.

구르고, 구르고, 또 구르며 때린다.

그것은 이미 개싸움이었다.

북명검수를 잡을 정도로 뛰어난 고수가 된 두 사람이었지만 지금 이 순간만큼은 평범한 사람이 되었다. 공력도 체력도 모두 소진하고 감정만이 앞서기에 귀병으로서의 위용은 온데간데없이 사라지고 없었다.

남소유는 가만히 두 사람의 행동을 지켜보았다.

멍하니. 무심하게.

모닥불은 이미 쓰러졌고, 노릇노릇하게 익었던 토끼는 잿더미에 앉아 버렸다.

그 위로 두 사람이 뒹굴었다.

"제기랄! 제기랄! 제기라아아아알!"

"으아아아아아!"

간독은 욕지거리를, 무성은 오열을 터뜨린다.

아무도 말을 하지 못한다.

소리를 지르고, 악다구니를 지르고, 분노만 표출한다.

이미 머릿속은 새하얘서 아무것도 할 수 없었다.

그때 남소유가 천천히 자리에서 일어났다.

그녀는 가슴에 꼭 끌어안고 있던 검을 꽉 쥐었다.

유상에 의해 절반이나 부러진 반검(半劍).

그것은 남소유, 간독, 그리고 무성처럼 귀병을 대변해 주는 것 같았다.

휙!

남소유가 거세게 반검을 아래로 내리쳤다.

콰—앙!

무성과 간독이 뒹굴던 머리맡이 갑자기 터져 나갔다.

방금 전까지 모닥불이 있던 자리에 모래 기둥이 치솟으며, 산산이 부서진 토끼 육편이 눈송이처럼 후두둑 떨어져 내렸다.

좌중을 흔드는 무지막지한 기운.

무성과 간독은 싸움을 멈추고 멍하니 남소유를 보았다.

남소유는 다시 제자리로 돌아가 반검을 끌어안았다. 허벅지를 모아 얼굴을 묻으며 중얼거렸다.

"이런 모습을 한 아저씨가 보신다면 뭐라고 하실까요?"

"……."

"……."

무성과 간독은 가만히 고개를 떨어뜨렸다.

무성은 멍하니 고개를 들었다.

맑은 밤하늘이 보인다.

달이 아름다운 달무리를 지어낸다. 구름 하나 없어 수만 개는 될 별이 총총하게 빛난다.

무성의 마음과는 전혀 다른 모습이다.

무성은 그렇게 한참 동안이나 밤하늘을 보았다.

한참 동안이나.

말없이.

무성이 다시 고개를 내린 것은 약 반 시진 후였다.

간독과 남소유는 여전히 말이 없었다.

바닥에는 겨우 남은 불씨만이 간간이 빛날 뿐. 짙은 어둠과 적막만이 내려앉았다.

무성이 갑자기 모닥불이 있던 자리 주변을 파헤치기 시작했다. 나뭇구는 장작을 옆으로 치우고 재와 모래를 털어낸다.

간독과 남소유는 고개를 들어 무성이 하는 꼴을 가만히 지켜보았다.

두 눈에는 의문이 어렸다.

대체 뭘 하려는 걸까?

그러다 간독의 눈이 살짝 커졌다.

"너?"

"먹을 건 잘못 없잖아."

무성이 든 것은 간독이 건네주었다가 걷어치웠던 토끼 뒷다리였다.

시간이 한참이나 지나 차갑게 식었다. 모래를 털어 냈어도 여전히 많이 묻어 있었다. 까만 재까지 범벅이 되어 이미 먹을 것이 못 되었다.

하지만 무성은 거침없이 고기를 입에다 가져갔다.

우걱우걱.

말없이 씹어 먹는다.

살코기를 모두 발라낸다. 모래도 같이 씹혔지만 전혀 아랑곳하지 않는다.

무성은 뼈까지 쭉쭉 핥은 후에야 들고 있던 걸 다른 곳에다 휙 하고 던졌다.

그러고는 간독을 보며 무뚝뚝하게 말했다.

"맛없어."

"개새끼! 어린 새끼가 말본새 하고는!"

간독은 피식 웃고 말았다.

남소유도 소리 없이 미소를 지었다.

무성과 간독은 모래 범벅이 된 토끼 고기를 모두 먹어치 웠다.

"근데 정말 이렇게밖에 못 구워?"

"네가 쓸데없는 짓만 안 했어도 됐잖아!"

"그냥 못 구우면 못 굽는다고 말해."

"하! 씨팔! 너 갑자기 이상하게 싸가지가 없어졌다?"

"하루 이틀도 아니잖아?"

무성은 간독에게 핀잔을 쏘아붙이고는 남소유를 보았 다.

"남 소저는 아무것도 안 드셔도 괜찮으십니까?"

"저는 괜찮아요."

남소유는 손사래를 쳤다.

간독이 피식 웃었다.

"그래. 괜찮지. 네가 깨기 전에 혼자서 허겁지겁 토끼 한 마리를 전부 먹어치웠으…… 흡!"

"……"

간독은 이죽거리다말고 자신을 노려보는 남소유의 살벌 한 눈초리에 헛바람을 들이켰다. 그러더니 슬그머니 시선 을 옆으로 돌렸다.

무성은 가만히 미소를 지었다.

'이런 게 행복이란 겁니까, 숙부님?'

무성은 잠결에 들었던 한유원의 목소리를 떠올렸다.

세상은 비뚤어졌다. 하지만 가까이 들여다보면 밝고 아름답다는 것을 알 수 있다.

그것은 아마 이런 사소한 곳에서 의미를 찾을 수 있다는 뜻이리라.

무성은 이제서야 조금이나마 그 말뜻을 알 수 있을 것 같았다.

그러던 그때였다.

무성의 몸이 흠칫 굳어졌다. 간독과 남소유도 이상한 낌새를 눈치채고 고개를 들었다.

세 사람 전부 몸은 엉망이 되어도 감각은 여전하다.

영통결이 이곳으로 누군가 오고 있음을 말해 주었다.

"간독, 불 꺼."

간독은 모래를 끼얹어 남은 불씨를 모두 지웠다.

하지만 오늘은 달이 밝아 먼 거리도 잘 보였다.

자세를 숙이고서 감각을 집중해 보니 저 멀리서 상당수의 무리가 이곳으로 다가오고 있었다. 절도 있는 걸음걸이로 보아 상당한 무력을 쌓은 무사들이었다.

무성은 남소유에게 손을 뻗었다.

"남 소저, 반검을 제게 주십시오."

"하, 하지만……!"

"너, 그런 몸으로 싸우겠다는 거냐?"

남소유와 간독이 반발한다.

하지만 무성은 침착했다.

"간독은 대웅에게 상처를 입은 상태에서 어설픈 신속을 쓰느라 탈진했지? 남 소저는 저희와 다르게 이법이 주무공이 아니라 공능이 완전히 돌아오지 않으셨고요. 하지만 저는 휴식을 제법 취해 괜찮습니다."

곤호심법의 가장 큰 특징 중 하나가 빠른 자가 치유력이다.

보통 사람이라면 몇 번이고 죽었을 중상을 입고도 간독과 남소유가 이렇게 행동하고 말할 수 있는 것은 모두 곤호심법의 덕택이었다.

하지만 공능이 대단하다 하더라도 한계가 있기 마련이다.

확실히 무성은 이들 중에서 가장 길게 쉬었다.

그래도 남소유는 노파심에 반검을 건네주지 못했다.

무성이 자상하게 웃었다.

"너무 걱정 마십시오. 무리하지는 않을 테니. 저들이 누군지만 확인하고 금세 돌아올 겁니다."

이렇게까지 말하는데 어쩔 수 없다.

결국 남소유는 고개를 끄덕이며 반검을 내주었다.

"몸조심하세요."

샤샤샥!
무성은 반검을 들고 소리와 기척 없이 내달렸다.
무영화흔과 망량유운을 적절히 섞은 암행이다.
'미안합니다, 남 소저.'
사실 무성은 거짓말을 했다.
몸 상태는 아마 세 사람 중 자신이 가장 최악일 것이다.
앞서 신속을 두 번이나 발동했다. 사실 서 있는 것만으로
도 용한 일이다.
하지만 더 이상 두 사람을 희생시킬 순 없었다.
'조금만 더 버텨다오.'
공력도, 체력도, 심력도 없다.
그렇다면 남은 건 하나.
무성은 몸에게 간절히 부탁하며 각력에 힘을 실었다.
'신속!'
쉭!
세 번째 신속이 발동되었다.

*   *   *

조영(曹永)은 천룡위군을 구성하는 다섯 부대 중 삼대(三隊) 소속의 오조 조장이다.

"분명 이 근방일 텐데?"

조영은 날카로운 눈빛으로 주변을 훑어보았다.

그를 따라온 열 명의 무사들도 눈빛이 차갑기는 매한가지였다.

다 잡았다고 생각했던 귀병들을 눈앞에서 놓치지 않았던가. 천옥원의 붕괴는 천룡위군에 큰 재앙으로 성큼 다가왔다.

다행히 조영을 비롯한 삼대 오조는 외곽에 물러서 있어 비교적 피해가 덜 했으나, 그들은 동료들의 죽음을 속수무책으로 지켜봐야만 했다.

놈들의 상태는 좋지 못하니 얼마 가지 못할 터. 지옥 끝까지라도 쫓으라는, 천룡위군의 지낭이자 삼대의 대장인 유상이 날렸던 전음에 부랴부랴 오조를 이끌고 추격을 시작했다.

확실히 유상의 말대로 도망친 놈들은 상태가 좋지 않은 듯했다.

천옥원을 나서니 여기저기에 흔적이 많이 남아 있다.

분명 련주인 무신을 암살하기 위한 훈련을 받으면서 흔적을 지우는 법도 익혔을 것인데. 배우지 않았더라도 어설

프게나마 지운 흔적이라도 있었을 것이다.

하지만 녀석들은 전혀 그런 것이 없었다.

그만큼 촉박했다는 뜻일 테지.

'단 다섯 명이서 북명검수들을 없앤 자들이라. 확실히 적으로 만나기엔 부담스럽긴 하지.'

북궁검가는 사대 가문 중에서 가장 잘 정예화되고 군기가 잡힌 고수 집단을 보유하고 있다.

그중에서도 북명검수는 단 서른 명이서 수많은 활약상을 펼친 뛰어난 자들.

그들 개개인이 가진 무력은 천룡위군의 무사와 비교해도 엇비슷하고, 조직이 만드는 회륜검진은 천룡위군도 상대하기를 매우 꺼려할 정도다.

그런데 그런 놈들을 전멸로 몰아넣은 작자들이 있다고 한다.

바짝 긴장될 수밖에 없다.

그러나 조영은 경계를 하면서도 크게 걱정하지 않았다.

'제아무리 날고 긴다 해도 그 험난한 전투를 막 치른 후에 무슨 힘이 남아 있겠나? 급하게 서두를 것 없다. 아주 천천히, 제풀에 지치도록 만들면 되는 거야.'

조영의 눈이 시푸른 광망을 토해 내는 그때였다.

"조장! 여기 족흔이 남아 있습니다. 아무래도 여기서 토끼 따위의 식량을 잡은 것 같습니다."

"좋다. 모두들 여기서부터 최대한 주의를 기울여라."

조영의 명령에 따라 무사들은 일제히 검을 뽑아 들며 자세를 한껏 낮췄다.

스슥!

동시에 발 빠르게 움직이면서 일정한 진형을 갖췄다.

조영을 중심으로 두 사람이 전면에 선다. 각 두 사람씩 측면을 맡고, 후미에는 한 사람이 보호한다. 남은 세 사람은 본진에서 살짝 거리를 띄운 채로 정찰에 임한다.

사냥을 시도했다는 것은 이 근방에서 휴식 취하기를 시도한다는 뜻.

이제부터 아주 천천히 토끼몰이를 할 작정이었다.

다행히 이 근방은 허벅지까지 닿는 갈대가 숲처럼 무성하게 서 있어 몸을 숨기기에 알맞았다.

요요히 빛나는 달빛이 만들어 주는 길을 따라 걸음을 옮기는 그때였다.

가장 앞에서 정찰을 맡았던 무사가 손을 높이 들어 주먹을 꽉 쥐었다.

잠시 멈추라는 표식이다.

동시에 뒤를 돌아보며 검지로 먼 앞쪽을 가리킨다. 이어서 엄지를 펴 보인다.

천룡위군은 강북 각지에서 무신련의 행사에 방해가 되거나 체재에 반발하는 이들을 솎아 내는 작업을 주로 한다.

덕분에 임무 시에는 전면에서 활동하는 경우가 많아 전음보다 수신호를 통한 연락 체계가 발달해 있다.

정찰병이 보인 뜻은 간단했다.

앞쪽에서 불씨가 발견되었다. 그런데 상대도 이쪽의 움직임을 읽은 듯하니 천천히 접근해야 한다는 뜻이다.

더불어 상관인 조영의 의견을 구한다.

더 조심스레 접근을 할 것이냐, 아니면 저들이 도망칠 수 없게 단번에 몰아칠 것이냐.

조영이 명을 내리기 위해 손을 드려는 그때였다.

쏴아아!

별안간 쌀쌀한 밤바람이 조금 세게 불었다.

갈대숲이 크게 흔들린다.

몸을 숨기기 위해 자세를 바짝 낮췄던 터라 눈높이에 있던 갈대가 얼굴을 살짝 때린다.

덕분에 아주 잠깐 시야가 가려졌다.

그리고 세상에 어둠이 내려앉았다.

쉭!

조영이 마지막 순간 본 광경은 눈앞의 갈대들이 예리한

무언가가 잘려 윗부분이 바람에 나풀나풀 날리는 것. 그리고 그 위로 시뻘건 물감이 쏟아지는 모습이었다.

"조장이 당했다!"

"모두 방어 태세를 갖춰라!"

고고하게 빛나는 달무리 아래, 붉은 물결이 파도친다.

날카로운 칼바람과 함께 떠오른 목은 모두 세 개.

좌측을 지키고 있던 무사 두 명과 조영의 것이었다.

남은 여덟 무사들은 재빨리 공격이 감행된 장소에서 최대한 몸을 물리면서 새로운 진형을 갖추려 했다.

하지만 상대를 안에 가두지 못하고 자리를 벗어난 것이 바로 그들의 실책이었다.

스슥!

힘없이 쓰러진 시체 위로 부드러운 바람이 지나간다.

밝은 별빛보다 더 시푸른 도깨비불 두 개가 별안간 터진다 싶더니 날카로운 바람이 불었다.

칼바람은 지면 위를 아슬아슬하게 스치며 무사들을 가려주고 있던 갈대들을 모조리 잘라 버렸다. 바스러진 갈댓잎이 먼지처럼 허공에 뿌려진다.

그 가운데로 다시 시푸른 귀화가 타올랐다.

퍼퍽!

귀화 아래로 유령의 손길이 어둠을 뚫고 튀어나왔다.

귀신은 마치 지옥으로 돌아가기 전에 동료를 데려가겠다는 듯한 모습으로 단숨에 두 무사의 미간에다 시뻘겋고 까만 바람 구멍을 내주었다.

두 무사가 입을 쩍 벌린 채로 뒤로 벌러덩 나자빠진다.

단숨에 전력의 절반이 아무 저항도 해 보지 못하고 바닥에 나자빠졌다.

여섯 무사는 허겁지겁 발을 바쁘게 놀리면서 등을 맞대었다.

오각형 대열을 갖추며 주변을 빠르게 훑어본다.

무사들의 얼굴에는 긴장이 바짝 어렸다.

검병을 쥔 손길에는 땀이 가득 찼다.

어딘가에 숨어 있을 귀화의 주인을, 유령의 손길을, 귀신의 흔적을 찾으려 한다.

놈은 마치 사신(死神) 같았다.

소리도 기척도 없이 슬그머니 다가와 목숨만 취하고 사라지는.

오조의 부조장, 장병(張髆)은 떨리는 음색을 감추지 못했다.

"마, 만야월의 살수가 대체 여기는 왜……?"

'만야월? 그렇게 보이나?'

무성은 무영화흔으로 몸을 숨기면서 무사들의 일거수일 투족을 면밀히 살폈다.

분명 그가 전개한 칼바람은 효성서광, 연이은 섬광은 흑 야일휘다. 모두 살존이 자랑하는 도효십이살의 초식들이 다.

몸을 철저히 숨기는 은신과 잠행, 그리고 암격.

확실히 잘 모르는 사람들이 본다면 살존이 이끄는 만야 월의 살수라 오해를 살 만하기도 하다.

'차라리 잘 되었어.'

적에 혼란이 가중되면 가중될수록 좋다.

무성은 마무리를 위해 바닥을 세게 박찼다. 이제 신속의 효과도 얼마 남지 않았다.

펑!

"흡!"

장병은 난데없이 눈앞에 귀화의 주인이 툭 튀어나오자 가슴이 덜컥 내려앉는 것 같았다. 마치 어둠을 열고서 튀 어나온 것 같았다.

그래도 침착하게 검을 휘둘렀다.

감히 자신을 상대로 일대일 무력 도발을 한 놈을 힘으로 찍어 누르기 위해서였다.

다른 무사들도 일(一)로 펴지며 무성을 가두기 위해 움직인다. 포위망을 갖추고 나면 은신술을 펼쳐도 빠져나가지 못할 것이다.

하지만,

퍽!

'어떻게 살수가 이런 힘을?'

장병은 마치 둔탁한 망치로 몸을 세게 얻어맞은 듯한 충격을 끝으로 정신을 놓았다.

길이도 일반 장검의 절반밖에 되지 않은 반검이 장병의 검신을 후려치는 순간, 반동에 손목과 어깨가 그대로 뒤로 크게 젖혀졌다. 반검은 이에 멈추지 않고 가볍게 쓰레기를 치우듯이 상반신을 그대로 곤죽으로 만들었다.

피떡이 되어 날아가는 장병에 무사 두 명이 엉겁결에 휩쓸리고 말았다.

그런 두 사람을 맞은 것은 초승달 모양의 섬광이었다.

도효십이살의 삼 초식, 편월풍화(片月風化)였다.

정수리부터 턱까지 직각으로 혈선이 그어지면서 수박으깨지듯이 머리가 터져 나간다.

육편과 뼛조각이 폭죽처럼 터졌다. 피와 뇌수가 잔뜩 쏟아졌다.

요요히 빛나는 달빛 아래 일어나는 소름 끼치는 광경.

남은 무사 세 명은 알 수 없는 분위기에 심령이 꽉 눌린 채 몸을 움직일 수 없었다.

만월(滿月)이 뜨는 순간, 세상은 우리의 것이니!

만야월이 강호를 향해 던진 말.

그들은 공포로써 강호의 밤을 지배한다.

지금은 밤.

더군다나 휘영청 달이 밝은 보름달이었다.

슥! 슥!

시푸른 귀화의 주인, 사신은 너무나 손쉽게 세 무사의 목을 앗아 갔다.

왜 만야월이 귀병을 도와주는지에 대한 의구심을 갖고서.

*   *   *

착!

무성은 피로 젖은 갈대숲 위로 착지했다.

느려졌던 세상이 다시 빨라지면서 호흡도 가빠졌다.

몸이 아래로 가라앉았다. 마치 땅에서 보이지 않는 손이 튀어나와 잡아당기는 것 같았다.

"흐읍!"

무성은 이를 악물고 무너지려는 몸을 가까스로 세웠다.

'조금만. 조금만 더 버텨 줘!'

귀화 옆으로 핏대가 선다. 실핏줄이 터지며 두 눈이 벌겋게 달아올랐다.

세 번의 신속.

이미 몸은 망가질 대로 망가졌다.

아주 짧은 사이 몸이 조금만 회복된다 싶으면 잠력을 격발하고, 격발하고, 또 격발했다.

몸이 부서진다는 고통. 수십만 마리의 개미가 혈관과 근육 속으로 들어와 물어뜯는 것만 같다. 이마에는 식은땀이 송골송골 맺힌다. 칠공이 힘을 잃고 풀리려는 것을 억지로 부여잡는다.

이렇게 버틸 수 있는 것도 무성의 의지가 대단하기 때문일 뿐.

누군가 옆에서 툭 치면 쓰러질 정도로 어지럽다.

그래도 버틴다.

다른 사람들의 걱정을 사기 싫어서.

'왔다.'

무성은 억지로 허리를 반듯하게 세웠다.

최대한 태연한 표정을 지으며 몸을 돌렸다.

간독과 남소유가 다가왔다.

"괜찮으신가요?"

"보시다시피. 다행히 상대하기 어렵지 않았습니다."

남소유는 노파심 가득한 얼굴을 하고 있다가 무성이 무사한 것을 확인하자 안도의 한숨을 내쉬었다.

간독만큼은 아무런 말없이 무성과 반검, 반검을 들고 있는 팔, 그리고 바닥에 쓰러진 시신들을 바라보다 몸을 돌렸다.

"어서 움직이자고. 이놈들이 여기까지 왔다는 건 다른 추격대도 곧 따라올 거란 뜻이니."

무성과 간독, 남소유는 굳이 흔적을 지우지 않았다.

일은 간독이 주도했다.

"키키킥! 진실은 구 할의 진실과 일 할의 거짓 속에 숨기라고 했었지? 유상, 그놈이 가르쳐 준 것이니 그대로 돌려줘야겠지."

흔적은 북쪽으로 이어진다.

무성은 사호에게서 배웠던 중원도를 머릿속으로 떠올리고는 의도를 꿰뚫어 보았다.

"이곳은 강남이니 천룡위군의 움직임이 클 수는 없을 것이고…… 그럼 그 완충지대 쪽으로 몸을 숨긴다?"

"맞아."

그들이 있는 곳은 형산 부근.

관도를 따라 북쪽으로 움직이면 강남과 강북을 경계 짓는 장강이 나타난다.

중원의 허리라 할 수 있는 곳.

강남의 다른 구역으로 움직여도 모자를 판국에 무신련의 영역인 강북으로 움직인다?

"대웅, 아니, 영호휘와 유상의 머리가 터져 나가겠어."

"키킥! 바로 그거지!"

남소유가 물었다.

"한데, 우리가 갈 만한 곳은 있나요?"

"있지."

"어딘가요?"

"장강의 중심이자, 중원의 명치라 할 수 있는 곳. 강북에도 강남에도 속하지 않는 곳. 그래서 어디로든지 움직일 수 있는 곳."

간독이 송곳니를 드러내며 소리친다.

"동정호……!"

남소유가 작게 중얼거리자, 간독이 크게 고개를 끄덕이면서 웃었다.

"맞아. 한때 이 몸이 날뛰던 놀이터이지."

무성의 눈이 깊게 가라앉았다.

동정호는 교통의 요충지다. 물길과 관도를 따라 거슬러 올라가면 낙양이 나타난다.

낙양.

무신련 본단이 있는 강북 강호의 수도.

그리고…… 주익이 있는 곳.

'조금만 기다려라. 곧 내가 찾아갈 테니.'

第五章

함정

유상은 발치에 구르는 조영의 머리통을 보면서 인상을 찡그렸다.

"아직 힘이 남아 있다, 이건가?"

어렴풋이 동이 트며 세상이 자줏빛으로 물든다.

갈대숲에 어질러진 붉은 핏물은 자줏빛에 부딪쳐 요사스러운 빛깔을 자아냈다. 마치 그 모습이 홍옥을 곱게 갈아 넓게 뿌린 것만 같다.

하지만 유상의 눈에는 아이가 잘 가꾼 정원에서 장난을 치다가 흙먼지를 아무렇게나 뿌린 것처럼 어지럽게만 보였다.

일방적인 도살(屠殺)의 흔적.

갈대가 비스듬히 잘려 나간 단면으로 보건대, 흉수는 단 칼에 갈대를 모조리 베고 그 너머에 있던 무사까지 벴다.

단 다섯 번.

열한 명의 천룡위사(天龍衛士)를 모두 잡는 데 사용한 칼질의 횟수다.

실력만 따진다면 북명검수와 대등하거나, 어쩌면 그 이상일지도 모르는 자들을.

과연 유상, 자신이라 할지라도 가능할까?

제아무리 살공 기예를 사용한 암격이라지만, 대단한 건 대단하다고 해야 한다.

'변이가 있다지만 대체 어떻게 몇 달 만에 이런 실력을?'

북궁민을 잡았을 때만 하더라도 방심한 틈을 노렸겠거니 하고 생각했다. 남소유를 구했을 때 보인 신위로 얼추 추측한 바탕이었다.

그런데 이건 그 정도가 아니다.

더군다나 몸 상태가 최악이라는 점을 감안한다면.

'이법의 공능을 제 것으로 만들고 있다? 그 가운데 변이는 계속 이뤄지고 있고?'

변이를 쉴 새 없이 끌어내면서 공능을 습득한다.

이법이 가진 무한한 가능성을 온몸으로 받아들이고 있
단 뜻이 된다.

부르르!

유상은 저도 모르게 등골이 서늘해졌다.

'진무성. 대체 네 정체가 뭐냐?'

검병을 쥐는 손길에 저절로 힘이 실렸다.

"어찌할까요, 대장?"

"뭐를?"

삼대 일조의 조장, 목우충(木雨忠)이 묻는다.

유상은 긴장 때문에 저도 모르게 말끝을 쏘아붙였다.

목우충은 난생처음 보는 대장의 감정적인 태도에 살짝
당황하고 말았다.

그러다 안색을 회복하고 진지한 자세로 물었다.

"이 흔적들은 모두 만야월의 것입니다. 특히나 갈댓잎
을 자른 수법은 살존의 도효십이살이 아닙니까? 만약 귀
병이란 자들이 만야월과 손을 잡은 것이라면 절대 묵고할
수 없는 일입니다. 그렇지 않아도 살존이 호시탐탐 본련의
영역에 발을 들이려는……!"

"그럴 일 없다."

"하지만!"

"그럴 일 없다 하지 않은가!"

유상은 버럭 소리를 질렀다. 분노가 가득 담긴 일갈이었다.

목우충을 비롯한 천룡위사들은 기백에 놀란 나머지 저도 모르게 흠칫 물러서고 말았다.

유상의 눈이 시푸른 광망을 토했다.

"여태 놈들을 감시했던 나다! 설마 지금 네놈들이 감히 나를 의심하는 것이냐?"

"아, 아닙니다! 저, 저희가 어찌……!"

"만야월 따위는 이번 일과 전혀 관련 없다! 살존은 그렇게 머리가 돌아가는 자가 아니야! 설마하니 내가 계획한 일에 구멍이 있을까!"

분노를 토한다. 이성이 자연스레 무너졌다.

유상은 머릿속을 지배하는 단 한 가지 감정을 토해 내고자 했다. 그래서 감히 자신이 오랜 시간 동안 구상했던 작전에 구멍을 뚫어 놓은 자들에 대한 생각을 지워 버리고자 했다.

지글지글 타오르는 두 눈에 어린 감정.

그것은 두려움이었다.

*　　　*　　　*

"그런가? 유상이 화를 내었다고?"

영호휘는 혀를 '쯧!' 하고 차고는 몸을 돌렸다.

"마뇌이며 냉혈이라 불린다 해도 그 역시 사람. 어찌 일에 있어 실수가 없겠는가? 그리고 그런 것을 따진다면 나역시 분개하긴 매한가지."

주먹을 꽉 쥔 주먹이 부르르 떨린다.

이를 악문 그의 눈도 불꽃으로 이글거렸다.

영호휘가 마음을 먹고서 이루지 못한 것은 여태 세상에 단 한 번도 없었다.

무신의 제자, 영호가주, 사대 가문의 패권까지.

그런데 그의 자존심에 처음으로 금이 갔다.

귀병.

평생토록 그의 가슴에 화인처럼 짙게 남아 지워지지 않을 단어다.

여태 그의 실질적인 무력 기반이자 지지층이 되어 주었던 천룡위군이 제대로 싸우지도 못하고 절반이나 생매장되고 말았으니 이 얼마나 가슴 아픈가.

그나마 남은 절반도 부상자들이 대부분이다. 무너진 바위 더미에서 겨우겨우 빠져나와 숨을 돌린 것이 방금 전이었다.

영호휘는 다시는 이런 실수가 없을 거라 몇 번이고 다짐

하며 몸을 북쪽으로 돌렸다.

"이곳은 모두 유상에게 일임하고 우리는 낙양으로 돌아간다."

부군주이자 일대장, 적공단(赤貢緞)이 다급히 말했다.

"아직 몸을 추스르지 못한 자들이 많습니다. 조금 속도를 늦추심이 어떠실는지요?"

"하면 부상자들은 적 대장, 그대가 추스르고서 천천히 돌아와라. 나는 한시라도 급히 돌아가야 한다."

"그리 서두르려는 연유가 있으십니까? 어차피 일공자님이나 하후도가에서도 이전에 받은 타격을 추스르느라 경황이 없을 터인데……."

"오늘의 일로 벌려 놨던 간극은 어차피 없는 것이 되어 버렸다. 그리고 남맹(南盟)이 소경이 아니고서야 이곳의 소란을 여태 눈치채지 못하겠느냐?"

"아!"

"더군다나 손님이 곧 찾아오실 것 같으니, 주인이 된 입장으로서 어찌 손님을 문 앞에서 기다리게 할까?"

"손님이라 하시면?"

"그야 당연하지 않느냐."

무심하던 영호휘의 눈이 처음으로 분노를 터뜨렸다.

"진무성. 그놈이 곧 찾아올 것이다."

$*$ $*$ $*$

그날.

일백 명으로 구성된 어느 집단 하나가 변복을 한 채로 북쪽으로 움직이기 시작했다.

목적지는 동정호였다.

$*$ $*$ $*$

독사(毒蛇)는 운삼(雲三)이라는 본명이 있지만 자신의 별명을 더욱 즐겨 사용했다.

아버지가 아무렇게나 지어준 '운씨 집안의 셋째 자식'이라는 뜻의 운삼보다야 '독사처럼 질기고 독한 놈'이라는 뜻의 독사가 훨씬 멋지지 않은가.

그래서 독사는 아주 멋지고 화려한 삶을 살기를 바랐다.

비록 몸을 담고 있는 곳은 똥통보다도 더 더럽고 밀림보다도 험난하다는 흑도 바닥이지만, 언젠가는 발밑에 수백 명이나 되는 졸병을 거느리고 양팔에는 삼처사첩을 두르겠다는 것이 그의 포부였다.

'하지만 현실은 그렇지 못하지. 씨팔!'

독사는 변소의 똥을 삽자루로 퍼면서 속으로 욕지거리를 내뱉었다.

악취가 코를 자꾸만 찔러대 이젠 아예 코가 마비된 것 같다. 눈앞에 아른거리는 파리는 아무리 치워도 자꾸만 달라붙고, 똥독 때문인지 눈앞은 자꾸 어지럽기만 하다.

삽질을 계속 해 댄 팔은 아프고, 양동이를 짊어진 어깨는 쑤셔 댄다. 다리는 자꾸만 계단을 오르고 내리고를 반복해 후들거린다.

"에휴! 내 팔자야. 그때 간독 형님이 그렇게 되셨을 때 나도 같이 떴어야 했던 건데. 대체 무슨 영광을 보자고 남아서. 이게 다 마누라랑 자식이 웬수지. 웬수야."

평소 즐겨 찾던 앵앵이가 애를 덜컥 가질 줄 누가 알았겠는가.

기녀가 밴 아이 따위 누구 자식일지 누가 알겠냐며 버릴 수도 있었지만, 그놈의 사내 자존심이 무엇인지 '그럼 내가 책임져 줄게!'라고 홧김에 해 버린 말이 두고두고 발목을 잡고 있다.

지금 당장 이런 하인들이나 하는 잡일 따위 내팽개칠 수도 있지만 차마 그러지도 못했다.

열 달도 채우지 못하고 팔삭둥이로 태어난 아기는 다른 아기들에 비해 몸이 좋지 않아, 시름시름 앓더니 매일 같이 젖을 달라고 울어 댄다.

마누라는 기녀 일을 그만두고 남의 집 가사를 조금씩 도우면서 풀칠이라도 하려 하지만, 평생 가무와 예악만 가까이 했던 여자가 집안일에 대해 뭘 알겠는가.

결국 발 벗고 뛰어다녀야 하는 것은 오로지 독사, 자신의 몫이었다.

이럴 줄 알았으면 어렸을 때 아버지가 후회하지 말고 공부하라고 잔소리 했을 때 공부를 해 뒀을 것을.

왜 괜히 그때는 어깨에 힘을 주고 저잣거리를 활보하는 왈패 형님들이 멋있어 보였는지. 그리고 그걸 따라하려 다리를 흔들고 다녔는지.

물론 지금에 와서 후회를 한다 해서 인생이 달라질 것은 없다.

그저 땅이 꺼져라 한숨을 푹푹 내쉬며 묵묵이 주어진 일이라도 해서 한 푼이라도 더 버는 것이 그가 할 수 있는 전부였다.

해가 서쪽으로 뉘엿뉘엿 지고 오늘의 일도 끝났다.

독사는 양동이와 삽을 흐르는 물에 깨끗하게 씻고 모든 정리를 마무리 지었다.

보통 때였으면 감독에게 얼굴 도장이나 찍고 돌아가면 그만이었지만, 오늘은 달리 한 곳을 더 들렸다.

다정루(多情樓)를 찾아가니 아니나 다를까, 총관이 밖에 나와 있었다.

"이번 달도 수고했수."

"하핫! 고맙네그려."

독사는 총관이 건넨 돈주머니를 받으며 즐거워했다.

이것 하나를 벌고자 지난 한 달을 죽어라 일했다. 열심히 일한 노동의 대가라 기분이 좋았다.

"한데, 주머니가 지난달보다 더 무거워진 것 같은데?"

"내 운 형 사정이 딱하여 좀 더 챙겼수다. 일도 다른 일꾼들에 비해 열심히 하기도 했고. 그리고 앵앵이는 옛날 우리 식구가 아니요? 그럼 운 형도 우리 식구지."

"고맙네그려."

독사의 입꼬리가 귓가에 걸릴 듯이 올라간다.

총관은 무엇이 그리도 마음에 들지 않은지 한쪽 눈썹을 찡그리며 '쯧!' 하고 혀를 찼다.

"운 형도 참 딱하우. 그러게 괜히 그때 왜 그런 선택을 내려서. 안 그랬으면 지금쯤 거경패(巨鯨牌)에서 한 자리 떡 하니 차지했을 거 아뇨? 어쩌면 이 다정루의 주인이 될 수 있었을지도 모르지."

독사가 씁쓸하게 웃었다.

"이미 다 지난 일이 아닌가? 그리고 나는 아직도 그때의 결정에 대해 후회란 없다네."

일 년 전, 동정호를 둘러싸고서 큰 싸움이 있었다.

간웅방(奸雄幇)과 거경패.

호남의 밑바닥을 양분한다는 두 흑도 세력이 부딪친 것이다.

동정호는 강북과 강남이 충돌하는 완충 지대.

덕분에 동정호는 그 자체가 가진 이권이 대단한데도 불구하고 북련도 남맹도 함부로 손을 뻗지 못했다.

자칫 이를 두고 북련과 남맹 간의 전쟁이 벌어질지도 모르는 일이었다.

덕분에 가장 신이 난 곳이 바로 흑도였다.

민심을 살려야 한다는 북련과 남맹의 정책 때문에 물길의 옛 주인이었던 장강수로채(長江水路寨)와 동정십팔채(洞庭十八砦)가 모조리 물귀신이 된 이후, 동정호는 이렇다 할 세력이 없었다.

이를테면 무주공산이었다.

동정호를 손에 넣으면 세력이 급부상할 것은 자명한 일.

결국 간웅방과 거경패는 동정호의 주인이 되기 위해 서로를 향해 이빨을 들이댔다.

하지만 북련과 남맹이 호시탐탐 눈을 부라리는 때에 함부로 부딪칠 수 없는 일.

그래서 두 곳은 겉으로 드러난 전면전 대신에 상대를 안에서부터 무너뜨리기 위해 마수(魔手)를 뻗치고자 했다.

그 과정에서 몰락한 곳이 바로 간웅방이었다.

독사는 그런 간웅방에서 서열 삼 위에 해당할 정도로 실력이 뛰어난 자였다.

지금은 철저히 몰락해 손목의 힘줄이 끊어져 아무도 찾아 주지 않는 병신이 되어 버렸지만.

"쯧! 어쩔 수 없지. 하긴 운 형의 그런 성정 때문에 거경패주가 운 형을 높게 산 것이겠지만. 여하튼 가보슈."

"하여간 이건 고맙게 잘 받겠네."

독사는 돈주머니를 흔들어 보이면서 즐겁게 걸음을 옮겼다.

총관은 그런 독사를 가만히 보다가 다시 혀를 찼다.

"쯧! 그것이 제 저승 가는 노잣돈인지도 모르고. 다음에 태어나걸랑 미련한 의리보다는 다른 파락호처럼 이익이나 따지는 그런 이기적인 인간이 되슈."

독사는 손에 착 감기는 느낌이 너무 좋았다.

"한 푼, 두 푼…… 헉! 다, 닷 푼이나?"

동전을 헤아리다 말고 눈이 휘둥그레진다.

평소보다 엽전이 다섯 개나 더 많았다.

한 달 일당의 절반. 보름 분을 여비로 더 준 것이다.

일 년 전에 간옹방의 삼인자로 있을 때에 비하자면 하루 술값도 안 되는 아주 적은 양이었지만, 지금 독사에게는 하늘에서 금괴 하나가 툭 떨어진 것과 같았다.

"흐흐! 짠돌이로 유명한 총관 놈이 갑자기 왜 선심을 쓴 걸까? 뭐, 아무렴 어떨까? 간만에 우리 앵앵이 위해서 맛좋은 소고기나 사 갈까?"

독사는 아내가 기루에 있을 시절에 산적(散炙)을 좋아하던 것을 떠올리곤 푸줏간으로 걸음을 옮기려 했다.

바로 그때였다.

쉭!

별안간 턱 밑으로 칼 한 자루가 드리웠다.

시푸른 칼날. 차가운 감촉에 피가 흘러내린다.

"흡!"

"조용해."

서늘한 목소리.

독사는 등골이 서늘해졌다.

'고, 고수!'

싸움판을 떠난지 일 년이 넘었다지만, 그래도 여전히 감각은 몸에 남아 있다.

흑도에 적을 둔 파락호들은 고수를 구분할 줄 아는 안목

을 지녔다

그것은 뛰어난 무공을 지녔기 때문이 아니다.

본능이다. '감'이다.

하루라도 더 살아남기 위해서 억지로 깨운 감.

그런데 그 '감'이 경고를 해 댔다.

"이름 운삼. 별칭 독사. 간웅방의 삼인자이며 행동 대장이었던 자. 거경패가 두목 기호(奇虎)와 이인자인 간독을 이간질시키는 동안 의형제였던 간독의 편을 들었다가 그 죄로 오른쪽 손목의 힘줄이 끊어졌지. 맞나?"

"……!"

"맞으면 눈을 한 번, 틀리면 두 번 깜빡여라."

"…….."

"좋아. 그럼 한 가지 경고해 두겠다. 앞으로 조만간 간독이 너를 찾아갈 것이다."

"……?"

독사의 눈이 경악으로 잠긴다.

관청에 갇혀 몇 달 전에 사형을 받은 사람이 어떻게?

그때 분명히 자신의 눈으로 똑똑히 확인까지 했었다. 망나니의 칼날에 목이 달아나던 간독의 마지막 모습을.

"의구심을 가지지 마라. 호기심도 가지지 마라. 너는 그저 시키는 대로 따라라."

간독은 미미하게 고개를 끄덕였다.

"간독이 돌아오는 즉시 너희 집 지붕에다 붉은 불등(佛燈)을 달아라. 알겠나?"

"……."

"알겠나?"

"……!"

독사는 괴한의 말뜻을 알아차렸다.

지시대로 따르지 않는다면 가족들이 모두 해를 입을 것이다.

"말이 잘 통하니 좋군. 식귀(息鬼)라는 놈은 통 말귀를 알아먹질 못해 동정호 물고기 밥으로 던져 주라고 했는데 말이야."

스르륵, 칼날이 치워지고 괴한의 목소리가 멀어진다.

독사는 힘없이 주저앉아 눈물을 쏟았다.

식귀는 간독과 함께 의형제의 예를 맺었던 막내 동생이었다.

독사는 처음과 달리 힘없이 집으로 돌아갔다.

"오셨어요?"

"그래."

아내는 독사의 얼굴에 드리운 수심을 읽었다.

기녀 출신이긴 해도 지금은 남편과 자식을 위해 헌신하는 현모양처였다.

"무슨 일 있으세요? 낯빛이 좋지 않으세요."

"아무것도 아니야. 유아는?"

"방금 막 잠들었어요."

"그래? 나 피곤하니까 먼저 씻을게."

독사가 터덜터덜 욕탕으로 걸어가려는 때였다.

"아, 그리고 안방에 손님이 오셨어요."

"무, 뭐?"

"당신의 어린 시절 때부터 아주 잘 아는 친구 분이시라고……."

독사는 아내의 말이 끝나기도 전에 안방으로 달려가 문을 활짝 열었다.

"아아……!"

그곳에는 너무나 익숙한 얼굴이 있었다.

분명 죽었다 생각했던 얼굴.

"오랜만이군. 아우."

간독이 의자에 앉아 건들거리며 씩 웃었다.

"혀, 형님?"

독사는 머릿속이 새하얘지는 것 같았다.

간독, 독사, 식귀.

이들 세 사람은 배신과 모략이 난무하는 흑도 바닥에서 유일하게 어깨와 등을 내줄 수 있는 사람이었다.

죽은 사람이 돌아왔으니 기뻐야만 한다.

하지만 그는 기쁨보다 슬픔이 먼저 앞섰다.

간독이 나타나면 붉은 불등을 달아라!

괴한이 남겼던 목소리가 메아리처럼 귓가를 맴돌았다.

'어떡하지? 대체 어떻게 해야……?'

간독도 중요하다. 목숨만큼.

하지만 이제 갓 자리 잡기 시작한 가정이, 여우 같은 마누라가, 토끼 같은 자식은 목숨보다 더 중요했다.

그는 굳으려는 표정을 억지로 쥐어짰다.

"어서 오십시오!"

독사는 밤새 간독과 이런저런 이야기를 나눴다.

분명 목이 잘렸던 사람이 어떻게 살아 있는 건지, 그동안 뭘 했었는지, 어떻게 살았는지.

"그래. 그랬단 말이지? 우리 아우, 고생이 많았군그래."

"아닙니다, 형님."

"아니야. 아니야. 이게 다 나 때문이 아닌가? 되도 않는 나와의 의리를 지킨답시고 이런 꼴이 되고 말았으니. 전부이 형의 부덕일세."

"형님!"

"그래도 조금만 기다리시게. 이 간독. 호락호락하게 당하지 않아. 이렇게 돌아온 이상, 동정호를 뒤집어 버릴걸세. 밑바닥부터."

술잔이 손끝에 걸려 들락날락 한다.

바닥에는 벌써 몇 개나 되는 술병이 아무렇게나 구르고 있었다.

간독은 시뻘겋게 달아오른 얼굴로 몇 번이고 같은 말을 반복했다. 입에서는 술 냄새가 확 풍겼다.

하지만 두 눈은 취기로 젖어도 여전히 집요하다.

"당연히 아우도 날 도와주겠지?"

"술 너무 많이 드셨습니다. 오늘은 이만 주무시지요. 먼 길을 오느라 많이 피곤하실 터인데."

"그래! 역시나 날 걱정해 주는 것은 아우밖에 없구만. 어서 자야지. 내일부터 동정호를 뒤집으려면."

간독은 그렇게 말하더니 고개를 축 늘였다. 술잔을 잡은 손이 힘없이 탁상에 떨어졌다.

쩨근쩨근. 취기에 잠이 들고 말았다.

독사는 짧게 한숨을 내쉬며 간독을 부축해서 침상으로 옮겼다. 답답할 것 같은 겉옷을 거두고 이불을 턱 밑까지 올려 주었다.

"으으음!"

간독은 취기에 열이 올랐는지 잠결에 두꺼운 이불을 발로 걷어찼다.

하지만 독사는 다시 이불을 정리해 올려 주었다.

집이 좋질 않아 기온이 차다.

이불을 덮지 않으면 감기에 걸릴 터였다.

"하아아……."

독사는 침대 옆에 한참이나 앉아 잠든 간독의 얼굴을 보았다.

그러나 흘러나오는 것은 짙은 한숨뿐.

그는 속을 짐작할 수 없는 고민을 몇 번이나 하다가 끝내 자리에서 일어났다.

문을 닫기 전, 그는 독사를 힐끗 보며 작게 중얼거렸다.

"죄송합니다."

끼익, 탁!

문이 닫히며 어둠이 내려앉았다.

독사가 방을 나오니 아내가 기다리고 있었다.

"손님은 주무셨어요?"

"응."

"당신, 오늘따라 너무 힘들어 보여요."

"그래?"

독사가 씁쓸하게 웃자, 아내의 낯빛이 어두워졌다.

"혹시 당신, 그때로 돌아가려는 건 아니겠죠? 저 손님이란 분도 그때의 사람인가요?"

아내는 흑도 시절을 너무나 싫어했다.

그녀부터가 노름꾼 아버지의 빚을 갚기 위해 팔려오다시피 기루에 온 것이기에.

그래서 혼인을 하고 이곳에 자리를 잡을 때부터 독사와 아내는 단단히 약속했다. 다시는 흑도로 돌아가지도, 돌아갈 생각도 하지 말자고.

"너무 걱정 마. 그런 것 아니니까."

독사는 두터운 손으로 아내의 어깨를 짚었다.

"그렇다면 다행이지만……."

"내게는 이제 당신과 유아뿐이야. 당신도 잘 알잖아? 걱정할 일은 전혀 없을 거야."

"네. 알겠어요."

"사랑해."

"사랑해요. 여보."

독사는 아내를 꼭 끌어안았다.

일 년 동안 숱한 고생을 하며 옛날 미모는 사라졌지만, 오히려 그때보다 지금이 더 사랑스러웠다.

주춤거리던 독사의 마음에 결심이 섰다.

"죄송합니다, 형님."

독사는 잠들어 있을 의형에게 몇 번이고 사죄를 하며 지붕에다 불등을 달았다.

간독이 사형 집행을 받았을 때 염불을 외워 주던 스님에게서 샀던 불등이었다.

붉은색 등이 요요히 빛을 발했다.

*　　　*　　　*

붉은 등을 내려다보는 눈길이 있다.

"불이 떴습니다."

"생각보다 이르군. 그만큼 급했다는 것이겠지. 하지만 묵혈이 없다 해도 놈들의 머릿속은 능구렁이가 꽉 차 있다. 최대한 조심히 움직인다."

"존명."

쉬쉬식!

일련의 무리들이 움직이기 시작했다.

명령을 내리던 자는 마지막까지 남아 독사의 집을 노려다보다 천천히 걸음을 옮겼다.

곧 그의 기척이 어둠 속으로 사라졌다.

*　　　　*　　　　*

밤이 깊어지는 그때.

잠들었던 간독이 천천히 눈을 떴다.

"놈들은?"

"움직이기 시작했어."

스르륵!

머리맡에서 어둠이 열리며 무성이 나타났다.

간독이 인상을 와락 찡그렸다.

"기분 나쁘니까 머리 쪽으로 걷지 말라고 했을 텐데?"

"기분 나쁘라고 한 거야."

"내 언젠간 어린 네놈의 모가지를 따 버릴 테다!"

"해 봐. 할 수 있으면. 그리고 술 냄새 나니까 입 좀 치워."

"개새끼!"

간독은 무성과 투덕거리면서 벌떡 자리에서 일어났다. 어째 요즘 들어 갈수록 무성이 그에게 개개는 것 같았다. 나이는 자신이 훨씬 많아 아버지뻘인데도 불구하고.

하지만 무성과 싸워 봤자 득 될 것은 하나도 없다.

제 팔자려니 생각하며 길게 숨을 내뱉었다. 취기가 숨결과 함께 뱉어졌다. 정신이 확 들었다.

"그나저나 벌써 여기까지 냄새를 맡을 줄이야. 북궁검가 놈들이야 그렇다 치고 천룡위단은 대체 언제 여기까지 알아낸 거지?"

간독은 자신을 잡으려 이제 갓 자리를 잡기 시작한 의제를 이용하는 천룡위단이 마음에 들지 않았다.

더불어 의제를 이용해 천룡위단의 이목을 끄려는 스스로도 싫었다.

하지만 자신과 의제, 두 사람 모두 살아남기 위해서는 어쩔 수 없는 선택이었다.

"유상이니까. 그리고 영호휘라면 철저히 우리들에 대해 조사를 했을 테지."

"제기랄!"

"그래도 여전히 안심할 순 없어. 내가 찾은 건 고작해야 열한 명. 유상이 끌고 온 천룡위사가 그것밖에 안 될 거란 생각은 하지 않아."

"아마 다른 곳에서 또 무슨 꿍꿍이를 벌이고 있겠지."

무성과 간독이 함부로 움직이지 못하는 것도 그 때문이다.

그들을 쫓기 위해 천룡위사가 얼마나 움직였는지를 정

확하게 파악하지 못했다.

더군다나 추격대의 수장이 유상이란 것이 확인된 순간, 활동 범위도 더욱 좁아져 버렸다. 한유원이 없는 이상 그들만으로는 마뇌의 지략을 당해 내기가 어렵다.

그렇다면 방법은 하나.

유상이 예측하기 힘든 변수를 자꾸 만들어 내야 한다.

"씨팔! 인생 뭐 있나! 한 번 사는 거 이왕이면 아주 큰데서 살아야지! 여기저기서 중구난방으로 끼어들면 제깟놈이라고 어쩌겠어! 그리고 여긴 내 영역이라고. 개새끼도 제집 앞마당에서 반은 먹고 들어간다는데. 나, 간독이야. 간독!"

무성은 피식 웃고 말았다.

확실히 그들이 머리를 맞대어 생각한 전략은 작전이라기보다는 판을 키우는 데에 불과하다.

혼수모어(混水摸魚).

물을 잔뜩 흐려 놓고 물고기를 잡으면 되는 것이다.

"그런데 당신, 원래 여기서 뭘 했던 거야?"

"뭘 했냐?"

"단순한 강간범은 아니었던 것 같은데?"

"개 같은! 진짜 어린놈의 새끼가 주둥이 함부로 나불거릴래? 그리고 분명 내가 악하고 못된 짓을 많이 한 건 사실이지만, 간살을 하거나 하지는 않았다."

"알아."

"어떻게?"

"보면 알아. 당신은 주익과 닮은 것 같지만 조금 달라."

"……."

간독은 무성이 어떤 일을 겪었는지를 떠올리고는 잠시 입을 꾹 다물었다.

그러다 천천히 입을 열었다.

"나, 독사, 식귀. 이 세 명은 원래 입에 풀칠하기도 힘든 가난뱅이들만 모여 사는 빈민촌 출신들이었다. 덕분에 힘들게 형제처럼 자랐지. 배가 주린 우리들이 할 수 있는 건 애초 왈패 짓밖에 없었어."

간독은 회한에 잠기기 시작했다.

"그런데 처음에는 배를 채우고 그만두려던 일에 재미가 붙었지. 마을에서는 언제나 다른 사람들의 눈치를 봐야 했던 것과 다르게 이 짓을 할 때면 다른 사람들이 우리 눈치를 봐야 했거든. 키키킥! 정말 쓰레기 같은 짓만 골라서 했다. 약탈, 사채, 인신매매, 염상, 강간, 살인, 교사. 죄란 죄는 다 지었지."

말을 듣는 무성의 눈도 깊게 가라앉았다.

"그러다 보니 별칭도 서로 생기고. 세 사람 다 간웅방이라는 곳의 간부가 되어 있더군. 당시 방주가 좋아서 그를 따라 별의별 짓거리를 다했다. 그런데 그때 일이 터졌어."

"무슨 일?"

"방주가 아끼던 첩이 죽었다. 근데 빌어먹게도 첩년의 가슴에 꽂힌 칼이 내가 방주에게 생일 선물로 받았던 칼이더라고?"

"함정이었군."

"씨팔! 딱 봐도 누가 이간질하려 작전을 짠 게 분명한데, 방주란 새끼는 눈이 돌아가서는 날 의심했지. 죽이려 드는데 별수 있나? 독사와 식귀는 내 편을 들었고. 그 뒤로 간부들도 알아서 줄을 서니 방은 대판 내분에 휩싸였지."

간독은 회한을 털어 놓았다.

"덕분에 방은 파탄! 대립하고 있던 거경패는 신나라 환호하면서 들이닥쳐서는 방주 모가지를 확 따 버리고 나까지 잡아 버렸지. 이쯤 되면 답 나오잖아? 근데 더 열 받는 게 뭔지 아나?"

"뭐지?"

"더러운 흑도 싸움에 고명하신 북련과 남맹이 끼어들었다 이거야! 거경패 뒤에서 일을 꾸미고 방주 모가지 따버린 게 무신련이란 거다."

"……!"

"거기다 나는 간살을 했니 뭐니 하면서 거경패가 저질 렀던 죄를 죄다 뒤집어쓰고 사형 구형! 키키키킥! 이보다 깔끔한 게 또 어딨을까?"

"……."

"하여간 이 간독, 그딴 꼴을 당했는데, 어찌 당하고 살 수야 있나? 이제는 이 동정호 바닥을 접수하는 걸로는 성 이 안 차. 흑도의 제왕이 되고, 무신련에다 엿을 먹여야 성 이 풀리겠어."

간독의 눈이 차가운 빛을 발했다.

무성을 상대하면서 사그라졌다고 생각했던 광기다.

무성은 가만히 그를 보다 물었다.

"후회는 없나?"

"후회? 키키킥! 지금 후회라 했냐?"

간독의 입술 끝이 비틀어진다.

"나는 원래 그런 쓰레기였다. 하지만 후회는 하지 않아. 왜냐고? 그게 바로 나, 간독이 살아온 인생이니까! 간독, 그 자체니까!"

"그렇군."

"키키키키킥!"

간독은 소리를 죽여 웃었다.

이제는 이인자의 삶을 살지 않는다. 당하지도 않는다.

그는 간독.

한 번 당하면 몇 배로 되갚아야 적성이 풀리는 사내다. 광기와 독기로 똘똘 뭉쳐 집념 하나로 여기까지 버텨온 사내다.

동정호의 주인이 될 것이다. 흑도의 제왕이 될 것이다.

그리고 무신련을 부숴 버리리라.

간독은 히죽 웃다 말고 슬그머니 무성을 보았다.

"그건 그렇고. 내 이야기만 해서 되겠냐? 너도 말해."

"뭘?"

간독의 눈이 깊게 가라앉았다.

"얼마나 남았지?"

"뭔 말인지 모르겠군."

"네 생명 말이다, 이 개새끼야! 꼭 콕 집어줘야 하나? 어린 새끼가 벌써부터 말귀가 멀었어?"

일순, 무성의 몸이 살짝 굳어졌다.

간독은 간만에 무성에게 한 방 먹였다는 생각에 히죽거렸다.

하지만 곧 인상을 굳히며 진지하게 물었다.

"설마 모를 거라 생각한 건 아니겠지? 신속, 그거 해 보니까 정말 엿 같더만. 그런 걸 세 번이나 하고서 괜찮다고? 지랄 마라."

"……."

"말해. 얼마나 남았지?"

무성의 귀화가 사그라진다. 눈매가 깊게 가라앉았다.

"한 달."

"뭐? 한 달?"

간독은 경악을 터뜨렸다.

그래도 몇 년은 될 거라 생각했는데!

무성은 담담하게 답했다.

"그래. 한 달. 새벽이 되었으니 이젠 정확히 이십구 일
남았겠네."

"……!"

무성과 간독 사이에 잠시간 적막이 내려앉았다.

무성은 가만히 눈을 감았다.

'이제 시간이 얼마 남지 않았어.'

몸의 정확한 상태를 알게 된 것은 비교적 최근이었다.

축났던 몸이 하루하루가 지날수록 빠르게 회복이 되더
니 사흘째가 되던 날 완치가 되었다.

공능을 생각해도 말도 안 되는 치유 속도다.

그래서 무성은 자신의 몸 상태를 정확히 파악했다.

근골, 골격 밀도, 남아 있는 잠력의 수준까지. 틈만 나면 관조(觀照)를 통해 몸을 낱낱이 파악했다.

방법은 간단했다.

외부로 확장하는 영통결의 범위를 내부로 비추면 신체 전체 구조가 머릿속에 저절로 그려졌다.

덕분에 두 가지 사실을 알아냈다.

세 번의 신속이 신체를 크게 변화시켰다.

첫째, 변이가 거의 완성을 봐 가고 있었다.

신속은 잠력을 격발하는 기예. 변이는 그런 잠력을 바탕으로 이뤄진다. 그러다 보니 차츰차츰 진행되었어야 할 변이가 너무 빠르게 이뤄졌다.

생사현관이라 불리는 임독양맥을 제외한 모든 기맥이 뚫리고 혈도가 열렸다. 단전은 또다시 배나 불어나 이제 막대한 양의 내공을 담았다.

더군다나 잠재 능력까지 극한으로 닿았으니 신체적 능력만 따진다면 절정고수에 육박할 정도다.

손발을 움직이는 것처럼 공력 수발이 자유롭다.

거기다 어렴풋하게나마 기운을 체외로 발현할 수 있을 정도로 괄목할 만한 성장을 이뤘다.

'아마 지금의 몸이라면 북궁민이 돌아와 다툰다 해도 절대 뒤지지 않겠지.'

살공 기예와 살존 무학으로 무장한 북궁민이라.

몇 달 전까지만 해도 생각도 못 했던 경지인데, 이렇게 닿고 보니 별것이 없다.

도리어 높이 올라오니 아직도 갈 길이 멀다는 생각밖에 들지 않았다.

대체 강호의 별이라는 신주삼십육성이 닿은 경지는 어디이며 천하제일인이라는 무신이 닿은 곳은 또 어떤 곳일까?

둘째, 변이의 완성을 대가로 수명이 대폭 깎였다.

생명력을 담보로 신체가 완성되었다지만 반대로 잃은 것도 많았다.

한 달.

적다면 적고, 많다면 많다고 할 수 있을 시간이다.

문제는 이마저도 최대한으로 잡았을 때의 이야기라는 점이다.

유사시에 따라서는 또다시 신속을 사용해야 할지도 모르는 일.

그때는 어떻게 될지 본인도 예측하지 못했다.

'분명 신속을 이용한 신체의 변화라면 수명을 더 늘릴 수 있을지도 몰라. 시간의 완속(緩速). 뇌력(腦力)의 개방. 그 속에는 아직 북궁민이나 영호휘도 찾지 못한 이법의 비

밀이 숨어 있어.'

무성이 봤을 때, 북궁검가가 찾은 이법의 공능은 아주 적다. 빙산의 일각에 불과하다.

그저 아주 작은 부분을 가지고서 생명을 담보로 공능을 억지로 끌어내려는 얄팍한 수에 지나지 않는다.

그런 이법의 비밀을 풀 열쇠가 바로 신속이다.

몸을, 마음을, 생명을, 모든 것을 내던져서야 비밀 속에 가려진 이법의 본체를 만날 수 있을 것 같다.

만약 무성에게 시간이 많이 남아 있다면 뒤도 돌아보지 않고 이법을 파헤치려 했을 것이다.

하지만 그에게는 그럴 시간이 없었다.

풀 수 있을지 확신도 서지 않는 비밀에 목을 매달기보다는, 지금 당장 할 수 있는 일에 매진하는 것이 옳다.

그렇다고 해서 공능을 깨우려는 노력을 관둔다는 것은 아니다.

하지만 최후로 미뤄 둘 수밖에는 없다.

"그런 표정 짓지 마. 당신도 내가 없는 게 좋잖아?"

"당연하지! 그걸 말이라고 하냐? 골치 썩이던 애새끼가 나자빠진다니까 앓던 이가 다 빠진 것 같다!"

간독은 버럭 소리를 질렀다.

그는 영 못마땅하다는 투로 다시 물었다.

"남 씨 아가씨도 이 사실 아냐?"

"아니."

"그럼 어쩌려고?"

"말하지 마."

"미친놈! 그걸 어떻게 숨겨?"

"알아서 해 줘."

"하여간 이놈이고 저놈이고 귀찮은 일은 죄다 나한테 맡기지? 이 간독이 언제부터 동네북이 되었는지. 에라이, 쌍!"

간독은 제 분에 못 이겨 발로 침상을 걷어찼다.

정말 동네북이 되어서 화가 난 것이 아니다. 어린 무성이 시한부 인생이 되었는데 아무것도 도와주지 못하는 자신의 무력감에 화를 내는 것이다.

무성은 슬며시 미소를 폈다.

간독의 마음 씀씀이가 감사하기만 했다.

"웃지 마, 애송아! 정들어!"

간독은 투덜거리면서 다시 침상 끝에 엉덩이를 걸쳤다.

"그럼 어쩌려고? 정말 당장 칼 물고 무신련에 쳐들어가려고?"

"방법이 없잖아? 북궁민이 좋은 것도 주고 갔고."

"그것도 그렇지만. 제기랄!"

북궁민은 북명검수를 통해 귀병들에게 무신을 살해할 여러 방도를 전수했다. 특히 그중에는 암로(暗路)를 통한 무신련의 잠입도 섞여 있다.

그가 구축한 계획은 정말 치밀하기 짝이 없어서 만약 정말 모든 귀병이 완성되었다면, 무신을 시해하는 것도 꼭 무리가 아닐지도 몰랐다.

물론 그러한 계획들은 모두 유상을 통해 영호휘에게로 흘러들어 갔을 것이다.

'하지만 계획을 일부 이용하는 것도 좋을 테지.'

무성의 귀화가 암암리에 빛난다.

간독은 입술을 삐죽 내밀며 이죽거렸다.

"또, 또 이상한 꿍꿍이 짓고 있구만. 하여간 나이도 어린 새끼가 대체 대가리 속에 능구렁이를 몇 마리나 기르고 있는 건지! 누가 한가 놈의 조카 아니랄까 봐."

무성은 말없이 씁쓸하게 웃었다.

확실히 심기와 임기응변에 능한 그는 한유원으로부터 여러 가지 계책과 병법에 대해 배우기도 했었다.

"차라리 잘 되었다. 이거나 받아라."

"뭔데, 이건?"

"보면 알 것 아냐?"

"……?"

무성은 간독이 내미는 서책을 보다 별안간 눈을 크게 부릅떴다.

서책에 적힌 네 글자.

묵혈병론(墨血兵論)

무성은 재빨리 표지를 넘겼다.

그 속에는 너무나 익숙한 글씨체가 남아 있었다.

이 책자는 나, 묵혈 한유원이 평생을 통해 공부하고 연구하여 얻은 성과를 나름의 기준에 맞춰 정리 및 기록한 것이다. 묵가병법(墨家兵法)에 기본 바탕을 두었으며 그 위에 제갈무후의 팔진도, 손자의 삼십육계, 귀곡자(鬼谷子)의 귀도강성(鬼道强盛), 신기수사의 신기병략 등 각 시대와 분야에서 일가를 이뤘다 할 수 있을 것들을 더해……

이러한 내 연구 성과가 후대에 계속 미쳐 꽃을 틔우기를 바란다. 더불어 세월이 잊은 본가의 겸애를 세상에 널리 알리는 버림목이 될 수 있기를.

또한, 이 글을 읽고 있을 내 조카 진무성의 앞길에
조금이나마 등불이 되어줄 수 있기를.

"숙부님……!"

겨우 묻었던 한유원의 잔상이 다시 살아난다.

습막이 차오른 눈으로 고개를 들자, 간독이 씁쓸하게 웃
으며 말했다.

"천옥원을 떠나기 전에 한가 놈이 주었던 것이다. 나도
대충 읽기는 했다만, 공자 왈 맹자 왈 머리가 영 시끄러워
덮어버렸어. 네놈에게 주려 평소 틈틈이 제작을 했던 모양
이야."

"……."

"원래 네놈이 끝까지 정신을 못 차리면 내가 꿀꺽하려
했는데. 근데 이젠 내줘도 될 것 같아 주는 거다. 소중히
해라. 그리고 싸가지 없게 좀 굴지 말고."

무성은 책자를 꼭 끌어안았다.

"그거, 한가 놈의 평생이 담긴 책자지? 고작 한 달 정도
로는 공부하기엔 턱없이 부족하겠지? 그러니 살아라. 어
떻게든. 알겠냐, 애송아?"

무성은 피식 웃으며 고개를 끄덕였다.

"고마워."

"아, 이거 뭐 환청이 들리나? 어디서 시건방진 애송이가 뭐라고 한 것 같은데?"

간독은 들리지 않는 척 주변을 두리번거렸다.

무성은 저도 모르게 작게 웃음을 터뜨렸다. 간독도 피식 웃었다.

두 사람의 소리 없는 웃음소리가 방에 가득 퍼졌다.

*　　*　　*

무성은 무영화흔으로 독사의 집 밖으로 나섰다.

하늘을 보니 얼마 전까지만 해도 꽉 찼던 보름달이 이제 서서히 기울어 가기 시작했다.

'떠날 때 떠나더라도 할 건 해야겠지.'

스륵!

기다렸다는 듯이 남소유가 나타났다.

"식귀라는 분은 어찌 되었습니까?"

"무사히 피신시켰어요. 며칠 동안 밖에 얼씬거리지 말라고 했으니 당분간 무사할 거예요."

간독이 미끼가 되고 무성이 유상의 움직임을 읽는 동안 남소유는 간독의 의제인 식귀를 무사히 천룡위사로부터 구해 주었다.

무성은 슬쩍 고개를 들어 주변을 살폈다.

영통결로 보니 유상을 제외한 천룡위사 일곱 명 정도가 독사의 집을 살펴보고 있었다.

저쪽도 무슨 꿍꿍이가 있을 게 분명하다.

아마도 그때까지 감시만 할 참이겠지.

'그렇다면 저들이 움직이기 전에 우리가 움직여야지.'

무성이 입을 열었다.

"그럼 시작하죠."

"예."

쉭! 쉭!

무성과 남소유는 각각 동쪽과 서쪽으로 움직였다.

무영화흔을 통한 움직임이라, 천룡위사 중 누구도 그들의 동향을 미처 파악하지 못했다. 그저 간독이 있는지 없는지를 확인하고만 있을 뿐이었다.

*   *   *

다정루는 악양에서 세 손가락 안에 꼽히는 기루다.

동정호를 바탕으로 영업을 하다 보니 자연스레 수많은 시인과 묵객들이 모여들었다. 당연히 다정루를 구성하는 기녀들도 모두 호남에서 내로라하는 미녀들이었다.

"후후후! 이번 달도 역시 흑자로구만. 이 기세로 나가면 분점을 하나 더 내는 것도 무리는 아니겠어."

총관은 주판을 두들기면서 희희낙락했다.

간웅방의 몰락 이후, 거경패가 동정호 이권을 독점하다시피하면서, 그들이 뒤를 봐주는 다정루도 나날이 번창했다.

이익이 늘면 늘수록 총관에게 떨어지는 배당금도 크다.

때에 따라서는 악양에 있는 모든 기루를 관리하는 날이 올지도 모른다.

"더군다나 이번 달에는 꽤 쏠쏠한 용돈벌이도 했고."

허리춤에 걸린 돈주머니 무게에 총관의 입이 저절로 찢어진다.

단순히 독사에 대한 정보를 파는 것으로 얻은 수확.

정체를 알 수 없는 무리였지만 굳이 관심 가지지는 않았다.

이 세상에는 비밀이 많다.

굳이 파헤칠 필요는 없다. 자신은 모르는 일이다.

"독사? 파락호 따위 하나 사라진다 해서 누가 알겠어? 도리어 세상을 위해서는 좋은 일이지. 암적인 존재가 사라진 거니까. 후후후!"

"그렇게 말하는 당신은 스스로가 암적인 존재라 생각해

본 적 없나요?"

"누구냐!"

총관은 뒤쪽에서 들리는 낭창한 소리에 몸을 재빨리 돌렸다.

분명 꼭꼭 자물쇠로 걸어 잠갔던 문이 열려 있다.

그 앞에는 여인이 서 있었다.

총관의 눈이 저절로 커졌다.

'우리 기루에 저런 계집이 있었던가?'

마치 한 떨기 초롱꽃 같다.

도도한 눈매와 청순한 외모. 이질적인 특징들이 혼합되며 다른 기녀들에게서 찾을 수 없는 독특한 매력을 풍긴다.

수많은 미녀를 접해 온 총관이지만, 단언컨대 평생토록 이렇게 매력적인 미녀는 보지 못했다.

"오늘 처음 온 기녀인가? 길을 잊은 것이라면 우측 복도 끝에 있는 방이 대기실이니 그리로 가거라."

"아뇨. 똑바로 찾아온 게 맞아요."

"무슨……!"

총관은 뒤늦게야 미녀의 기세가 살벌하다는 것을 눈치챘다.

여인의 손에는 절반이 부러진 반검이 들려 있었다.

총관은 주춤 뒤로 물러서며 탁상 밑을 뒤졌다. 종이 잡혔다.

댕, 댕, 댕! 쉴 새 없이 종을 울렸다.

하지만 어느덧 여인, 남소유의 반검이 그의 목젖까지 다가왔다.

"도움을 청하는 거라면 늦었어요. 모두 먼저 가서 당신을 기다리고 있으니까."

"컥!"

총관은 목에 닿은 차가운 감촉을 끝으로 옆으로 기울어졌다.

뒤늦게 활짝 열린 문 너머로 죽은 무사들이 뿌린 피 웅덩이가 보이고 기녀들의 비명 소리를 들었지만, 이미 한참이나 늦은 후였다.

"우선 한 곳."

남소유는 짧은 혼잣말과 함께 몸을 돌렸다.

오늘 밤, 들러야 할 곳이 많았다.

＊　　＊　　＊

거경(巨鯨).

그는 거경패의 패주이자, 동정호의 주인이다.

언제나 자신만만한 태도와 오만한 정신으로 똘똘 뭉친 그였지만 지금 이 순간만큼은 정신을 차릴 수 없었다.

'큰 고래' 라는 별칭만큼이나 큰 풍채는 온통 식은땀으로 범벅이 되었다.

분명 방금 전까지만 해도 왼쪽에는 계집을, 오른쪽에는 술병을 들고서 희희낙락하던 수하들이 모조리 머리통이 잘려 나간 채 바닥에 주저앉았으니.

그가 즐겁게 들이붓던 술병은 화향주(花香酒) 대신에 시뻘건 핏물로 가득 찼다. 웃음을 지어주던 기녀들은 모두 달아나고 말았다.

저벅, 저벅!

피 웅덩이를 밟으며 천천히 걸어온다.

분명 나이 어린 소년이건만, 풍기는 기세는 수십 명도 더 살해한 살인귀 같이 살벌하다.

타오르는 귀화가 머릿속을 새하얗게 만들었다.

"대, 대체 너는…… 뭐냐?"

"몰라도 돼."

그걸로 끝이었다. 시야가 섬광으로 물들었다.

스걱!

거경의 머리가 수하들과 사이좋게 나란히 굴렀다.

무성은 천룡위사에게 빼앗았던 검을 시신 더미 위에다 아무렇게나 던졌다.

챙그랑!

'거경패의 몰락. 운영하던 이권의 붕괴. 그 뒤에 있던 무신련이 자연스레 반응할 수밖에 없고, 기회를 노리던 남맹의 개입을 부르는 명분이 된다. 더불어 귀병의 등장에 북궁검가와 천룡위군이 움직인다…….'

동정호. 악양. 이곳의 음지를 차지하던 흑도가 단숨에 구렁텅이로 빠지며 수많은 조직들의 개입을 불러온다. 자연스레 동정호는 흙탕물이 된다.

이런 조직들은 제어가 되질 않아 계속된 변수를 낳으며 유상과 천룡위군을 혼란 속으로 몰아넣는다.

혼수모어의 계(計).

혼수(混手), 말 그대로 물을 흐리게 만들었다.

그렇다면 남은 것은 모어(摸魚).

'물고기를 잡으러 간다.'

무성은 스스로 그물이 되고자 했다.

무신련이라는 대어를 낚을 수 있는 그물이.

"거기에 있는 거 아니까, 이만 나오지 그래?"

문이 활짝 열리며 피로 물든 회장으로 오십 명에 달하는 천룡위사들이 천천히 걸어 들어왔다. 그들은 일제히 무성 주변을 에워싸며 검을 겨누었다.

그 중심에는 유상이 있었다.

"드디어 잡았구나."

第六章

귀병가(鬼兵家)

　유상의 눈이 시뻘겋게 달아올랐다.

　이곳은 귀병을 잡기 위한 덫이었다.

　간독이 이곳으로 움직인 것이 포착된 이상, 독사와 거경을 잘 감시하다 보면 어디로든 반드시 걸려들 것이란 건 쉽게 예측 할 수 있었다.

　복수를 위해서. 야망을 위해서.

　무성과 남소유도 다르지 않다.

　무성은 무신련으로, 남소유는 소림사로 움직인다.

　귀병을 얽매이는 은원(恩怨)은 족쇄와도 같아서 평생토록 그들을 꼬리처럼 따른다. 그러다 끝내 그들의 칼날은 무신련으로 향한다.

애초 북궁민이 재료를 포섭하는 데에 있어 무신련에 원한을 가진 자들만을 꼽았기 때문이다.

그러니 덫만 쳐 두고 기다리기만 하면 된다.

그런데 따로 움직일 줄 알았던 귀병은 마치 당연하다는 듯이 천옥원에서처럼 밖에 나온 후에도 같이 움직이고 있다.

여기서 유상은 계획을 착안했다.

놈들이 같이 움직인다면 다 같이 얽어 주리라.

덫을 몇 개나 쳐 두고서 이놈들이 절대 빠져나갈 수 없게 만드는 것이다.

각 귀병의 특성에 맞게 그들이 어떤 행동을 행할지를 예측하고, 그들에 걸맞은 무력을 배치해 놓았다.

남소유는 거경패의 이권 조직을 와해하는데 주력을 다할 것이니, 쉽게 빠져나갈 수 없는 장소를 물색해 인력을 배치해 뒀다.

간독은 술수가 얄팍해 쉽게 도망치는 자이지만 의리는 갖고 있는 자. 독사와 가족이라는 짐 때문에 발목이 묶일 테니 처리하기가 더 손쉬웠다.

그리고 유상, 자신은 삼대의 절반을 이끌고서 가장 골치가 아픈 무성을 처리하러 직접 움직였다.

무성은 피식 웃음을 흘렸다.

"적당히 모습을 드러내면 나타날 거라 생각했는데. 이렇게 우르르 나타나 주니 몸 둘 바를 모르겠어."

미소와는 다르게 귀화가 거칠게 타오른다.

귀화는 유상만을 비췄다.

숙부 한유원을 죽음으로 몰아넣은 자다.

무신련에 갈 때 가더라도 한 놈만은 직접 자신의 손으로 처리하고 싶었다.

그런데 그런 자를 눈앞에 만나게 되었으니 어찌 기쁘지 않을까.

하지만 반색하는 것은 유상도 마찬가지인 듯했다.

"네놈이 나를 불렀다는 것이냐? 나는 내가 너를 잡았다고 생각했는데. 서로가 서로를 원했던 것이로군. 후후! 재미있어."

유상은 검을 아래로 늘어뜨리더니 흉신악살처럼 얼굴을 일그러뜨렸다.

천옥원에서 때와 달리 그에게는 여유가 없었다.

쉭!

두 사람은 말할 것도 없이 서로를 향해 몸을 던졌다.

스스스!

무성의 몸이 공간 속으로 서서히 녹아든다. 무영화흔의 발현이었다.

"놈이 은신술을 전개하려 한다! 절대 놓쳐서는 안 된다!"

유상은 이미 오조의 전멸에서 무성의 전술을 모두 파악했다.

은신과 암격.

회륜검진을 바탕으로 한 북명검수의 공격법과 놀라울 정도로 똑같다. 아마도 무성이 북명검수의 전술을 차용해 자신에게 맞게끔 바꾼 것이리라.

문제는 도효십이살을 익힌 무성에게 그런 전술이 너무나 잘 어울린다는 점이었다.

천룡위사들은 바쁘게 발을 놀리면서 무성이 숨어들기 전에 재빨리 검초를 가격했다.

세 개의 검이 상, 중, 하단을 동시에 점하며 날아든다.

쉬쉬쉭!

무성이 달리다 말고 몸을 뒤로 물리려는데, 세 천룡위사들이 다시 투로를 바꿨다.

상단을 공격하던 이는 무성의 좌측으로, 하단은 우측으로 돌며 공간을 점한다. 중단의 공격만큼은 제자리를 고수하며 복부를 가격했다.

순식간에 완성된 품(品)자 대형과 함께 무성을 전방위에서 압박한다.

문제는 품자 대형 뒤에는 조금 더 큰 품자 대형이, 그 뒤에는 또 더 큰 대형이 섰다.

어디로도 빠져나갈 수 없는 감옥의 완성.

마치 잘 벼린 칼날이 사방에서 휘몰아치며 무성을 속박했다.

문제는 어떻게 빠져나간다 하더라도 이곳이 운신의 폭이 매우 좁은 실내란 점이었다. 도망쳐 봤자 벽을 만나 천룡위사의 후방만 허락하게 된다. 자칫 한 곳에 내몰릴 위험만 컸다.

"은신술에 있어서 가장 중요한 것은 운신을 자유롭게 할 수 있는 공간이지. 하지만 그것이 폐쇄된 이상 너는 최고의 이점을 잃은 거다."

조호이산(調虎離山), 범을 잡으려면 산에서 들로 끌어내야 한다.

녀석이 가진 이점과 무기를 모두 빼앗아 벌거벗은 상태에서 싸우게 만들어야 한다.

그리고 칠 때는 압도적인 힘으로 확 눌러야 한다.

정신을 차릴 수 없도록.

그래야만 범을 잡을 수 있다.

그랬다.

이미 유상의 눈에 무성은 범으로 비쳐졌다.

쉭!

무성은 목을 갈라 오던 검을 옆으로 빗겨내면서 왼손을 뻗어 천룡위사의 완맥을 잡아챘다.

"윽!"

손목이 탈골되면서 검이 힘없이 떨어진다.

무성은 오른손을 밑으로 뻗어서 떨어진 검을 탈취, 동시에 천룡위사의 복부에다 검을 박았다.

푹!

"컥!"

무성은 척추가 끊어진 것을 확인, 다시 검을 뽑아 천룡위사를 바닥에다 아무렇게나 버렸다.

쉭쉭쉭!

몸을 돌리며 세 번의 칼질을 날린다.

도효십이살은 빠른 쾌검을 이용한 검공.

검은 순식간에 섬광이 되어, 궤적을 그리며 천룡위사들의 목을 베어간다.

얼마나 빠른지 천룡위사들의 눈이 순식간에 커졌다.

따다당!

불꽃이 위로 세 번이나 튀어 올랐다. 천룡위사들은 떨리는 충격을 이겨 내지 못하고 뒤로 주춤 물러섰다.

무성은 바로 그 순간을 놓치지 않고 검을 찔렀다.

흑야일휘. 어둠을 가로지르는 섬광과 함께 천룡위사 두 명이 목으로 피를 쏟으며 옆으로 기울어졌다.

일차 대형이 삽시간에 붕괴되었다. 후미에 대기하고 있던 이들이 대형으로 들어오면서 빈자리를 채우려 했다.

하지만 무성은 그 전에 일보를 크게 성큼 내디뎠다.

'유상, 너는 나를 잡았다고 생각했겠지만……!'

휙!

매영보의 귀혼폭령으로 단숨에 빈자리를 차지, 앞서서 들어오려던 천룡위사와 전면에서 부딪쳤다.

천룡위사가 경악을 하며 검초를 앞으로 뿌린다. 동시에 후방에서 두 명이 동시에 양쪽 허리를 갈라왔다.

콰—앙!

무성은 전면의 천룡위사를 향해 흑야일휘를 뿌렸다.

그러자 망치로 내려친 듯한 거친 충격파와 함께 천룡위사는 피떡이 되어 튕겨 났다. 상체가 모조리 갈린 채로 내장을 줄줄 흘리며 뒤에 있던 천룡위사들까지 우르르 쓸어버렸다.

스슥!

무성은 오른발로 땅을 내리찍고 원호를 그리며 몸을 재빠르게 반전시켰다.

후방을 노리던 두 명의 천룡위사는 무성이 이렇게나 빨리 한 명을 처치할 줄 몰랐는지, 살짝 움찔거렸다.

검격이 부딪치기 전, 아주 잠깐 주어진 시간 동안 무성은 허공에다 검을 두 번 칼질을 했다.

쉭! 쉭!

검이 매서운 파공성을 일으킨다. 검풍이 벼락처럼 날아들며 두 천룡위사의 목을 검과 함께 통째로 수박처럼 으깨버렸다.

그것으로도 모자라, 무성은 다시 몸을 측면으로 틀면서 검을 허공에다 강하게 뿌렸다.

따다당!

높다란 검벽이 세워지며 다섯 자루의 검이 모조리 차단되거나 튕겨난다.

도효십이살의 이 초식, 삭풍탄벽(朔風彈壁)!

스산한 바람이 잠시간 뭉쳤다가, 그것을 터뜨린다. 바람은 초승달 모양이 되어 전방위로 흩어졌다.

편월풍화. 수십 개의 칼바람이 폭풍우처럼 휘몰아치면서 천룡위사들을 압도해 나갔다. 흑야일휘. 섬광이 궤적을 그릴 때마다 천룡위사의 목이나 사지 중 하나가 튀어 올랐다.

늑대 무리 속에 갇힌 범.

무성이 날뛸 때마다 천룡위사들은 자꾸만 밀려나는 형국이 되고 말았다.

'내가 가진 무기는 그것만이 전부가 아니란 걸 가르쳐 주지.'

콰콰콰콰!

바닥과 벽면을 따라 짙은 검흔이 남았다. 그 모양이 마치 범의 발톱 자국 같았다.

자국을 따라 천룡위사들이 흘린 핏물이 고였다.

흥건하게 적셔진 피 웅덩이 위로 무성의 발이 무겁게 올라섰다.

쿵!

마치 범이 거칠게 땅을 내려찍는 듯한 기세.

귀화에서 발산한 강렬한 투기가 실내를 가득 메우다 못해 질식할 정도로 짙게 깔렸다.

천룡위사들은 기백에 눌려 저만치 물러섰다.

어느 누구 하나 무성에 다가가려 하지 않았다. 하지만 좁은 공간은 그들로 하여금 피할 수 있는 범위에 한계를 주었다.

자승자박(自繩自縛)이다. 무성을 잡으려던 감옥은 도리

어 그들을 가둔 우리가 되고 말았다.

무성이 귀화를 태우며 으르렁거렸다.

"또 덤빌 놈 없나?"

'대체 저놈은……!'

유상의 몸이 덜덜 떨렸다.

무성을 잡아야 한다는 초조함은 이제 완전한 두려움으로 자리 잡았다. 더 이상 그를 잡을 수 있다는 생각도 들지 않았다.

수많은 계략으로 들어섰던 머릿속은 창백하다.

무(武)라는 것.

압도적인 힘은 모든 계획과 모략을 물거품으로 만들어버린다.

제아무리 덫을 만든다 하더라도 녀석은 코웃음을 치며 앞발로 걷어찰 뿐이다.

항상 이런 식이다.

무성은 그가 생각하는 것 이상을 나아간다.

잡았다 싶으면 빠져나가고, 또 잡았다 싶으면 전혀 생각지 못한 방법으로 돌파한다.

천옥원에서 때부터 지금까지.

유상이 이겼다고 생각했던 것 중에서 무성을 만나 제대

로 이뤄진 것이 있었던가.

무성은 거기에 대해 이제 힘까지 지니게 되었다.

변이의 완성.

이법이 주는 무한한 공능을 전신으로 체현할 줄 아는 진짜 귀병이 되고 말았다.

더 이상 무성은 그가 잡을 수 있는 녀석이 아니었다.

파박!

무성이 땅을 세게 박차며 유상에게로 쇄도한다.

"막아! 막으란 말이다!"

유상이 고래고래 소리를 질러댔지만, 열 명 남짓 남은 천룡위사들은 꿈쩍도 않았다.

명령 불이행 따위가 아니다.

그냥 공포가 그들의 발목을 잡고 있기 때문이다.

유상은 어쩔 수 없다는 생각에 이를 악물었다.

'여기서 무너질 순 없어!'

그에게는 반드시 무신련으로 돌아가야만 하는 이유가 있었다.

그 때문에 배신자라는 오명을 쓰기를 자처했다. 사촌이자 주군이었던 북궁민을 배반하고 영호휘에게 붙었다.

파직! 파지직!

잠력을 격발한다. 그가 익힌 이법의 공능이 한껏 개화를 하면서 감각을 극대화시켰다.

보이지 않는 기운이 유형화하며 샛노란 뇌전을 터뜨렸다.

천뢰(天雷)!

무성이 신속을 만들었다면, 유상은 이법을 오랫동안 연구하며 공능을 뇌기(雷氣)로 만드는 법을 터득했다.

천지간에 가장 빠르고 강맹한 힘.

혈나한 남소유를 잡았던 것도 모두 이 덕분이었다. 설사 북궁민이 돌아온다 하여도 이 힘 앞에서는 무릎을 꿇게 되리라 자신 할 수 있었다.

뇌기가 사방팔방으로 그물망처럼 형성되어 뿌려진다.

샛노란 물결을 휘감은 검이 무성을 베고자 횡대로 그어 나갔다.

파파파파!

태양을 닮은 붉고 노란 파도가 무성을 덮친다. 무성은 커다란 해일에 놓인 암초 같았다.

'이것이라면! 설사 놈이라 할지라도!'

하지만,

슥!

갑자기 검이 빛을 발하더니 종대로 긋는다.

섬광은 노란 파도를 반으로 자르고, 나아가 유상의 정수리를 그대로 그어버렸다.

종천단섬(終天斷閃)!

도효십이살의 오 초식이었다.

'연 매(蓮妹)……!'

이제 이뤄질 줄 알았으나, 결국 만나지 못할 옛 연인의 이름을 중얼거리며 세상이 가라앉았다.

퍽!

데구루루!

무성은 두려움에 젖은 얼굴로 바닥을 뒹구는 유상의 머리통을 짓밟아 터뜨렸다.

파직, 파직!

사방으로 흩어진 뇌기의 여파가 잔향처럼 퍼진다.

무성은 귀화가 타오르는 눈으로 남은 천룡위사들을 돌아보았다.

천룡위사들이 흠칫 놀라 물러섰다.

"떠나라. 그리고 너희들의 주인에게 가서 전해. 곧 머지 않아 만나게 될 것이니 목 씻고 기다리라고."

"……!"

천룡위사들이 경기를 일으켰다.

그들의 주인이 누군가!

영호권가의 주인이며 무신의 이제자다. 강북의 절반을 거머쥔 효웅이다. 만인이 존경한다며 고개를 조아리고 마는 절대자다.

하지만 무성은 그깟 권력 따윈 아무렇지 않다는 듯이 코웃음을 쳤다.

강호는 힘이 전부다.

천룡위사들은 반항 한 번 하지 못했다.

일조장 목우충은 이가 으스러져라 꽉 깨물더니 고개를 떨어뜨렸다.

"그……대로 전하겠소!"

목우충과 천룡위사들은 힘없이 발길을 돌렸다.

귀병을 쫓는 방식과 계획은 뿌리부터 뒤집어 다시 고려해야 했다.

*   *   *

무성은 쓰던 검을 역수로 쥐어 바닥에다 꽂았다.

푹!

어찌 보면 강호에 나온 이후로 가장 격렬한 전투를 치른 것이지만, 이상하게도 지키기는커녕 도리어 기지개를 켠 것처럼 개운하다.

'변이가 완성되었다는 증거야.'

신속으로 가속화되던 변이가 신체에 완전히 녹아들면서 열린 세상은 완전한 신세계였다.

전투를 치르는 내내 생각한 대로 움직이는 육체에 몇 번이고 감탄을 터뜨렸다. 이제는 웬만한 적을 만나도 전혀 무섭지가 않았다.

'그럼 이곳에서의 일은 끝났나?'

물론 동정호에서 해야 할 일은 아직 산더미처럼 많다.

북궁검가와 영호권가 등은 물론, 잠들어 있는 남맹까지 끌어들이며 수많은 세력의 전쟁터로 만들어 버린다. 그리고 그 뒤의 어둠에 숨어 적들을 노려본다던 계획은 오로지 간독의 몫이 되었다.

무성은 이제 잘 벼린 칼날이 되어 무신련의 목젖을 향해 날아가기만 하면 되었다.

간독에게 따로 인사할 필요는 없다.

분명 자신이 사라진 것을 알고 나면 욕을 할 테지만, 이미 작별은 나눈 것이나 마찬가지다.

간독이 했던 말이 있지 않는가.

"살아라. 어떻게든."

'다음이 닿는다면.'

무성은 간독의 말을 떠올리며 자리를 벗어났다.

무성의 결심은 오래가지 못했다.

밖에선 남소유가 딱딱한 표정으로 서 있었다. 그녀 역시 상당한 격전을 치른 후였는지 입고 있는 옷이 빨갰다.

차가운 눈빛이 무성을 직시했다.

"역시나 말없이 떠나려 하셨군요?"

남소유의 눈빛이 매섭다. 마치 북풍한설처럼.

하지만 그것은 경멸 따위가 아니다.

분노다. 원망이다.

자신에게 아무런 말도 일절 없이 훌쩍 떠나려는 무성에 대한 원망.

'간독, 이렇게 끝까지!'

무성은 길게 한숨을 내쉬었다.

남소유를 보낸 것이 누군지는 쉽게 짐작할 수 있었다.

간독이 마치 눈앞에서 '네놈 뜻대로 하게 해 줄 것 같냐?' 면서 비아냥대는 것 같았다.

"남 소저."

"같이 가요."

"하지만……!"

"아니면 제가 짐이 된다는 건가요? 방해하지 않을 게요. 그럼 되는 거잖아요? 그리고 장담컨대, 무성이 하려는 일에 도움이 되면 되었지 절대 방해는 되지 않을 거예요. 이래 봬도 실력은 자신 있으니까."

"……."

무성은 입을 꾹 다물었다.

쉽사리 말이 나오질 않는다.

할 말은 있다.

지금부터는 자신이 해야 할 일. 자신이 직접 이 손으로 풀어야만 하는 일이라고. 다른 사람의 도움이 있으면 안 되는 것이라고.

하지만 말한다고 한들 남소유는 듣지 않을 것이다.

'어떨 때는 아이 같기도 한 사람이니까.'

무성은 남소유를 보며 누이 같다고 생각했다.

그러나 또 자세히 들여다보면 누이와는 조금 다르다.

체향도, 성격도, 느낌도 다르다.

특히나 자신을 바라보는 눈이 다르다.

누이는 무성을 자상한 눈길로 보았다. 아주 소중한 보물을 끌어안는 것처럼 따스했다.

하지만 남소유의 눈은 설렌다. 무언가를 갈망하고 갈구한다. 차가우면서도 시원하고 늪처럼 질퍽거린다.

무성은 바보가 아니다. 남녀 간의 일에 모르는 것도 아니다.

도리어 누이를 따라 기루에 일을 도우러 몇 번 들렀기에 보통 또래보다 더 잘 알았다.

그러니 남소유가 자신을 바라보는 눈길이 남매간의 정이 아닌, 남녀 간의 애정임을 잘 안다. 또한, 남소유가 무언가 자신에게 바라는 것이 있다는 것도.

하지만 무성은 의식적으로 남소유의 마음을 밀었다.

그에게도, 그녀에게도, 서로에게 해야 할 일이 있었다.

"남 소저의 마음은 압니다. 하지만 저는 받아들일 수 없습니다. 애초에 남 소저 같이 매력적인 분이 왜 저 같은 아이에게 마음을 주려 하시는지 잘 모르겠습니다."

무성은 정면 돌파를 택했다.

이 이상 말없이 있어 봤자 시간이 지날수록 그녀에게는 상처만 주는 꼴이 된다.

더 상처를 주기 전에 여기서 단호하게 끊어야 한다.

"강요하는 것이 아니에요."

하지만 남소유는 고개를 가로저었다.

"무성을 무조건 제 옆에 두겠다고 생각지도 않아요. 그러기엔 무성도 저도 해야 할 일이 많으니까요."

"한데……!"

"그냥…… 그냥 받아주시면 안 될까요? 그냥 같은 동료로서 도와주는 것이라고 여겨 주시면 안 될까요? 간독이 무성을 도운 것처럼. 무성이 간독을 돕는 것처럼. 저 역시 무성을 돕고 싶은 거예요."

눈빛이 애처롭게 반짝거린다.

차갑기만 하던 얼음은 감정의 격류에 잘게 부서져 녹아내린다. 눈가에 물방울이 살짝 맺힌다. 물방울은 끝내 볼을 타고 흘러내린다.

반검을 꼭 끌어안고 애타게 그를 찾는다.

감미로운 목소리가 그를 좇고자 한다.

세상 그 어느 남자가 있어 이런 가녀린 여인을 두고 떠날 수 있을까.

"하아! 어쩔 수 없군요."

무성은 땅이 꺼져라 길게 탄식했다.

반면에 남소유의 얼굴에는 웃음이 폈다. 꽃이 화려하게 피어오른 듯이 아름답다. 꽃잎에 맺힌 아침 이슬처럼 보였다.

"그럼……!"

"죄송합니다, 남 소저."

쉭!

무성의 신형이 움푹 내려앉더니 어느새 남소유의 눈앞

에 나타났다. 이미 변이의 완성을 이룬 무성의 실력은 그녀를 훨씬 뛰어넘고 있었다.

남소유는 몸을 뒤로 물리려 했지만, 무성의 손은 벼락처럼 뿌려져 혈을 두들겼다.

"무……성……!"

남소유는 애타게 무성을 부르다 끝내 의식을 잃었다.

무성은 남소유를 받았다. 그녀는 혈나한이라는 칭호가 어울리지 않을 정도로 가녀리고 왜소하고 가벼웠다.

"미안합니다."

무성은 손으로 남소유의 얼굴을 쓰다듬었다.

손으로 부드러운 볼을 매만진다. 훑기만 해도 묻어날 것처럼 고운 옥 같은 살결.

무성은 손끝으로 남소유의 머리카락을 귀 뒤쪽으로 넘겼다.

새치름한 입술이 드러난다. 무성은 거기다 가볍게 입을 맞췄다.

"저 역시 당신을 보면 가슴이 두근거립니다. 아마도 이것이 좋아한다는 감정이겠지요. 만약 다음이 있다면……다음에 만날 수 있다면 그때는……."

무성은 뒷말을 마저 잇지 못하고 남소유를 바닥에 조심히 내려놓았다.

그리고 주변을 둘러보며 크게 소리쳤다.

"다치지 않으시도록 조심히 모셔."

아무도 없는 한적한 곳이건만 목소리만 메아리가 되어 쩌렁쩌렁 울린다.

무성은 남소유의 고운 미모를 한참이나 내려다보다 끝내 몸을 돌렸다.

달빛 아래로 그의 몸이 허상처럼 사라졌다.

잠시 후.

간독이 무성이 있던 자리 위로 나타났다.

"빌어먹을 애송이 새끼. 끝까지 마음에 안 든다니까. 인사라도 하고 가면 어디가 덧나나?"

간독은 투덜거리다 남소유를 내려다보았다.

수혈을 깊게 짚었는지 세상 모르게 잠들었다. 예전에 그녀의 미모에 혹해 손을 쓰려던 것을 떠올리면 절호의 기회였다.

하지만 간독은 고민은커녕 인상만 와락 찌푸렸다.

제아무리 스스로를 쓰레기라 여긴다지만, 단연코 동료의 연인은 건드린 적이 없었다.

"우라질! 예쁘긴 진짜 더럽게 예쁘네! 거 있으면 좀 도와주지?"

"혀, 형님!"

간독은 남소유를 부축하며 고개를 돌리자, 풀숲이 흔들리며 독사가 나타났다. 옆에는 갓난아기를 품에 안은 아내도 같이 있었다.

무성과 남소유에게 한 것처럼 간독에게도 마찬가지로 천룡위사들이 붙었었다.

하지만 이미 그때는 간독이 독사와 가족들을 데리고 자리를 피신한 직후였다.

아마 지금쯤 녀석들은 사라진 간독과 독사의 흔적을 찾다가, 무성이 내쫓은 천룡위사들을 만났을 것이다. 유상의 죽음을 안다면 크게 기겁을 할 테지.

독사는 의형을 팔았다는 죄책감 때문인지 자꾸만 그의 눈치를 보았다.

하지만 간독은 짐짓 모른 척 대수롭지 않게 넘겼다.

"그렇게 멀뚱하게 서서 뭐하나? 이 계집, 보기보다 되게 무거우니 아우는 왼쪽 팔 좀 부축해 줘."

"예? 예!"

독사는 얼떨결에 간독을 도와 남소유를 업었다.

간독은 천천히 걸음을 옮기며 고개를 들었다. 그믐이 되는 달이 그의 앞을 비추고 있었다.

저절로 콧노래가 흥얼흥얼 흘러나왔다.

"거 밤바람 시원하니 좋구만! 키키킥!"

                    *   *   *

이튿날, 악양 저잣거리가 뒤집어지고 말았다.

동정호 이권을 독차지하여 나날이 승승장구를 하던 거경패의 우두머리 및 간부들이 만찬회에서 모조리 목이 잘려 나간 채로 죽어 버린 것이다.

더군다나 거경패의 이권을 대신 운영하던 이들까지 각 거처에서 모두 변사체로 발견되었다.

덕분에 거경패는 통제를 잃고 몰락했다.

밑에 있던 부하들은 서로가 제이의 거경이 되겠다면서 독립을 선언했고, 삽시간에 악양 바닥에는 수십 개의 고만고만한 흑도 세력들이 난립하게 되었다.

더불어 인근 다른 흑도 세력들도 욕심을 부리며 악양으로의 진출을 시도했다.

덕분에 동정호는 일 년 전의 거경패와 간웅방이 대립했을 때보다 더 혼탁한 세력전 양상을 띠게 되었다.

마치 불씨가 놓인 화약고처럼 일촉즉발 언제 터질지 모르는 위기감이 팽배한 그때,

갑자기 정체를 알 수 없는 세력이 나타났다.

간웅방의 행동 대장이었던 독사가 세력 독립을 선언, 옛 수하들을 이끌고 흙탕물에 뛰어든 것이다.

흑도인들은 옛날에나 독사였지, 지금은 변소에서 똥이나 푸는 자가 무슨 힘이 있겠냐며 콧방귀를 꼈다.

하지만 곧 경악하고 말았다.

독사가 너무나 빠른 속도로 저잣거리를 활보하더니 단 며칠 만에 흑도 바닥을 평정하고 말았다.

새로운 동정호의 주인이 된 독사는 비싼 세금에 허덕이던 각 이권 단체들의 고삐를 상당수 풀어 주었다. 대신에 교섭과 거래를 통해 막대한 부를 축적하며 작은 흑도 세력들을 빠른 속도로 흡수해 나갔다.

그리고 독사는 이권 정리가 끝나자, 조직체에 이름을 붙였다.

뜻을 알 수 없는 이상한 이름이라고 주변에서 모두가 만류했지만, 독사는 자신의 의견을 강행했다.

덕분에 동정호에는 새로운 주인이 생겼다.

귀병가(鬼兵家)라는 주인이.

*   *   *

영호휘는 낙양으로 가는 마차 안에서 수하의 보고를 듣

고 파안대소를 터뜨렸다.

"귀병가? 귀병의 집? 하하하하! 이름 한번 거창하군! 내 사람을 해한 것으로도 모자라, 이제는 아예 대놓고 선전포고를 하시겠다?"

그러다 인상을 굳혔다.

눈빛이 깊게 가라앉고 스산한 살기가 감돌았다.

"오냐. 오너라, 진무성. 네놈이 말했듯이 목을 씻고서 저 꼭대기에서 널 기다리고 있으마."

*　　*　　*

북궁검가의 가주, 북궁대연(北宮大然)은 자신 앞으로 당도한 두 통의 서찰을 보고서 눈을 질끈 감았다.

부고(訃告).
소환장(召喚狀).

전자는 하나뿐인 아들의 죽음을, 후자는 주인인 무신의 부름을 알리는 통보다.

이를 따르지 않는다면, 사대 가문을 제외한 최고 의결기관인 무신궁(武神宮)의 안찰부(按察部) 집행사자(執行使

者)들이 직접 행차하게 될 것이다.

천옥원이 붕괴되었다는 소식은 익히 들었다.

생존자가 없다는 말도 들었다.

그때 이미 운명을 직감했지만, 이렇게 직접 통보를 받으니 세상이 무너지는 것 같았다.

"여기서 끝인가? 이 북궁대연의 야망도. 북궁검가의 명맥도."

아니다. 아직은 아니다.

북궁대연은 눈을 번쩍 떴다.

"못난 아들놈은 죽었다지만 아직 이 북궁대연은 살아 있지 않은가? 그렇다면 끝난 것이 아니야."

그에게는, 북궁검가에는 아직 상황을 뒤집을 만한 패가 있었다.

북궁대연은 종을 흔들어 수하를 불렀다.

"부르셨습니까?"

"별채에 가 둘째 며늘아기를 불러오너라. 한시가 급하다. 어서!"

*　　*　　*

사대 가문은 무신의 은총을 받아 각 분야에서 최강의 자리에 올랐다.

덕분에 각 가문은 특색도 달랐다.

북궁검가는 탐욕스럽다. 영호권가는 패도적이다. 제갈선가(諸葛扇家)는 과묵하다.

그리고 하후도가는 음험하다.

특히나 가주 하후충(夏候充)은 가장 가문의 특색이 심한 자라서 음험한 것으로도 모자라, 의심이 많고 타인을 쉽사리 믿지 못한다.

좋게 말하면 신중한 성격이다. 일을 추진하는 데에 있어서 신중에 신중을 더한다.

덕분에 숙적인 영호권가로부터 많은 견제를 당하고 이권을 상당수 빼앗겼다. 그러나 반대로 그 때문에 하후도가는 거친 풍랑 속에서도 이만큼이나 버틸 수 있었다.

하지만 하후충은 언제나 기회를 엿보았다.

영호권가와 다른 사대 가문을 찍어 누르고, 하후도가가 화려하게 비상할 수 있는 기회를!

"귀병가? 확실히 이놈들이 조금 탐나긴 한데 말이야."

하후충은 손으로 턱을 쓰다듬었다. 까끌까끌한 감촉이 느껴진다.

깊은 고민에 잠길 때면 나타나는 그만의 버릇이다.

근래 동정호 인근을 떠들썩하게 만드는 장본인인 귀병

가에 대해서는 철저히 조사를 해 보았다.

다행스럽게도 놈들의 뒤에는 아무도 없었다.

일 년 전에 남맹이 주관하던 간웅방이 내분으로 무너졌을 때 크게 욕지거리를 내뱉었다. 승리를 거둔 거경패의 뒤에는 북궁검가가 있었기 때문이었다.

그런데 이번에 거경패가 몰락하고 새로이 떠오른 귀병가는 깨끗했다.

간웅방의 후신을 자처한다지만, 남맹과의 연대 흔적도 찾을 수 없었다. 일 년 전에 남맹이 그들을 버렸던 데에 대한 원한이 아직도 남아 있기 때문일 것이다.

그렇다면 지금이야말로 하후도가로선 기회다.

동정호의 막대한 이권을 거머쥘 수만 있다면.

그 위에 우뚝 설 수 있다면.

무슨 일인지는 몰라도 천룡위단이 큰 피해를 입은 영호권가를 찍어 누를 수 있는 유일한 기회다.

하후충은 생각이 많은 자이나, 한번 결정을 내리면 단번에 몰아친다.

그는 벌떡 자리에서 일어났다.

집사가 고개를 조아렸다.

"어디로 가시렵니까?"

"대호궁(大虎宮)으로 가자. 사위를 봬야겠다."

대호궁은 무신의 대제자가 머무는 거처였다.

* * *

"사대 가문이 움직이기 시작했다고? 키킥! 하여간 욕심 많은 늙은이들 같으니라고. 그렇게 이곳이 탐나나?"

간독은 독사가 가져다 준 정보를 보고 키득거렸다.

겉으로 드러난 귀병가의 주인은 독사이나, 실질적으로 뒤에서 귀병가를 운영하는 것은 모두 간독이었다.

그는 철저한 은신을 택했다.

귀병가라는 맛난 먹잇감을 노리고 달려드는 승냥이들의 목덜미를 따 버릴 칼이 되기 위해.

"거기다 남맹에서도 이 기회에 일 년 전의 설욕을 하고자, 만독부(萬毒府)와 검룡부(劍龍府)가 앞다퉈 고수들을 파견한다고 합니다."

"그야말로 중구난방! 개판이 따로 없구만."

고명하신 양반들이 난리법석 대는 꼴이 우습다.

그것이 곧 제 목을 옥죌 사슬이 될 거란 사실은 예상도 하지 못하고서.

"어떡할까요, 형님?"

"어쩌긴 뭘 어째? 연통 띄워."

간독은 송곳니가 훤히 드러나라 차갑게 웃었다.

"우리는 놈들이 서로 헐뜯고 싸워 대는 통을 이용해 음지의 제왕이 된다. 그리고 무성, 그 애송이 새끼가 화려하게 날 수 있도록 날개가 되어 준다. 그뿐이야!"

그래서 이름도 귀병가로 짓지 않았던가!

잠시 후.

푸드득!

악양 다정루 지붕 위로 매 한 마리가 힘차게 날아올랐다.

第七章

흐르는 달, 비치는 별

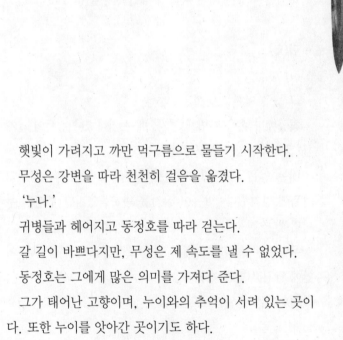

햇빛이 가려지고 까만 먹구름으로 물들기 시작한다.

무성은 강변을 따라 천천히 걸음을 옮겼다.

'누나.'

귀병들과 헤어지고 동정호를 따라 걷는다.

갈 길이 바쁘다지만, 무성은 제 속도를 낼 수 없었다.

동정호는 그에게 많은 의미를 가져다 준다.

그가 태어난 고향이며, 누이와의 추억이 서려 있는 곳이
다. 또한 누이를 앗아간 곳이기도 하다.

'그리고…… 모든 것이 시작된 곳.'

무성의 눈매가 깊게 가라앉을 무렵이었다.

끼익!

갑자기 하늘에서 요상한 소리가 들렸다.

고개를 드니 머리 위로 매 한 마리가 뱅글뱅글 돌고 있었다. 보통 매보다 덩치는 작지만 날개는 배나 크다. 생김새 또한 조금 이상하게 생겼다.

하지만 무성은 매의 다리에 묶인 전통을 읽었다.

귀(鬼)

그 뜻을 어찌 모를까.

허공에다 손을 가볍게 뻗자, 매는 기다렸다는 듯이 날개를 접으며 활강을 시도했다.

매는 얼음 위를 미끄러지듯이 부드럽게 내려와 무성의 팔뚝에 안착했다. 발톱이 살갗을 파고들었지만 무성은 무덤덤했다.

무성은 수고했다며 매의 턱을 쓰다듬으며 전통을 열어 안에 담긴 서찰을 꺼냈다.

전면에는 발신인이 적혀 있었다.

귀병가.

무성은 저도 모르게 피식 웃음을 터뜨렸다.

"귀병의 집이라…… 집이 있으니 언제든지 돌아오라는 건가?"

무성은 훈훈하게 웃으며 서찰을 활짝 펼쳤다.

서두는 이렇게 시작하고 있었다.

　　건방진 새끼, 방금 이름 보고 웃었지?

＊　　　＊　　　＊

타닥! 타다닥!

아침까지만 해도 맑았던 하늘은 갑자기 까만 먹구름으로 물들더니 비를 쏟아 내기 시작했다.

잔잔하던 동정호 수면 위로 빗방울이 부딪친다.

콩을 볶는 것 같은 요란한 소리가 잔잔하게 울려 퍼진다. 수면에 그려진 잔잔한 파문은 부딪치고 부딪치다 요상한 모양으로 일그러진다.

유화(柳花)는 자신의 이름과 같이, 버들나무 꽃을 연상케 하는 노란색으로 곱게 물든 지우산(紙雨傘)을 펴고서, 강변을 따라 천천히 걸었다.

잔잔한 빗물 아래 조심스레 길을 걷는 여인.

하물며 그 여인이 악양에서 세 손가락 안에 꼽히는 미모를 자랑한다면 더할 나위 없이 아름답다.

유화는 동정호의 아름다운 풍광과 한데 어울려 마치 하늘에서 내려온 선녀 같았다.

하지만 고운 외모와 다르게 유화의 얼굴에는 짙은 먹구름만큼이나 깊은 수심이 어렸다.

평소 화장을 하면서 친구들과 함께 대화를 나누고 있을 이 시간에 홀로 나온 것도, 언제나 자신의 주변을 철저히 지키려는 무사들을 따돌리고서 나온 것도 모두 그 때문이었다.

이렇게라도 걸으면 복잡한 머릿속이 조금이라도 풀릴까 싶었다.

어렸을 때부터 줄곧 보아 왔던 동정호가 아닌가.

악양을 떠난 적이 없어 본 적은 없지만, 말로만 듣던 바다가 이런 것이 아닐까 싶을 정도로 끝없이 펼쳐진 수평선을 볼 때면 늘 마음이 탁 트였다.

하지만 짓궂은 하늘은 그녀의 근심을 달래 줄 의향이 없는 것 같았다.

수평선은 짙은 안개가 자욱하게 깔려 보이지도 않더니 파랗던 하늘은 이제 까맣기만 하다.

차라리 칠흑빛 밤하늘처럼 새카맣고 별이라도 총총히

빛나고 있다면 그래도 조금 덜할 텐데.

'이것도 전부 그냥 내 욕심이겠지.'

지우산에 걸린 종이에 빗물이 투둑, 투둑, 하고 부딪친다. 기름을 잔뜩 먹인 종이는 물기에 젖을 염려가 전혀 없었다.

대오리로 만든 살이 이뤄 낸 굴곡을 따라 빗물이 타고 흘러내리면 마치 개나리 꽃잎이 나풀나풀 떨어지는 것 같았다.

"그러고 보니 언니도 개나리를 되게 좋아했었는데."

유화는 이제 만나지 못할 옛 지인을 떠올렸다.

만약 그녀가 있었더라면 이 걱정과 근심을 모두 털어줄 수 있을 것 같은데.

아니, 그녀가 아닌 그녀의 남동생이 있었더라도 이야기는 달라졌을 것이다.

그들 남매는 그런 존재였다.

모두가 어렵고 힘들다고 생각한 것도 아무렇지 않게 해내고야 마는 이들.

그리고 나서도 자랑하기는커녕 미소를 지어 주던 이들.

하지만 이제 그들 남매는 유화의 가슴속에서만 살 뿐. 더 이상 만날 수가 없었다.

"하아! 그냥 돌아가야겠지?"

유화는 결국 마음속 깊이 가라앉은 근심은 조금도 털어 버리지 못했다.

도리어 꿀꿀한 기분만 안은 채로 몸을 반대로 돌렸다.

지금쯤 기루에서는 자신이 없어진 것을 알고 난리가 났을 것이다.

그렇지 않아도 오늘 아주 중요한 손님이 오신다며 다들 아침부터 무척이나 바빴다.

그런 판국에 홀로 도망치듯이 나와 버렸으니.

유화는 언니와 동생들에게 속으로 미안하다는 말을 남기고 앙증맞은 발을 재촉했다.

그러다 갑자기 강변을 걷던 걸음이 뚝 멈췄다.

그녀 앞으로 누군가가 길을 막아섰다.

유화는 고운 아미를 찌푸리면서 방해자를 확인하기 위해 지우산을 뒤로 젖혔다.

그러다 골이 팼던 아미는 평평하게, 다시 의문을, 그러다 경악을, 또 그러다 호선을 그린다.

너무나 익숙하지만 또 그새 너무나 달라진 얼굴.

앳된 인상이 이제는 남자의 향기를 풍긴다.

"너, 너, 너⋯⋯!"

사내가 얼굴을 가리던 방갓을 검지로 들어 올렸다.

"오랜만이야. 유화."

무성이 희미하게 웃고 있었다.

*   *   *

천화루(天花樓).

동정호를 무대로 한 악양의 삼대 기루 중 하나다.

특히나 '하늘의 꽃'을 모두 담았다는 이름만큼이나 천화루에는 아리따운 용모를 자랑하는 미녀들이 많기로 유명하다.

물론 미녀가 많다는 것만으로 천화루가 수많은 시인과 유객들에의 찬사를 받지 못하리라.

천화루는 청등(青燈)이 아니다. 홍등(紅燈)이다.

기본적으로 몸을 파는 천한 창기(娼妓)들이 있는 곳이 아니란 것이다.

천화루에서는 기녀들이 자신의 재주를 판다.

가무(歌舞), 서화(書畵), 시문(詩文).

가진 바 지식은 선비들과 심도 깊은 대화를 나눌 정도로 뛰어나고, 음악은 술맛이 달게끔 할 정도로 청아하다.

이렇다 보니 천화루를 찾는 사람들은 기본적으로 자금과 시간, 그리고 명성이 뛰어난 상류층들로 구성되었다.

하지만 손님들이 주로 찾고자 하는 예기는 따로 있으니.

천화루는 그런 예기 네 명을 특별히 선발해 천상사화(天
上四花)라 이름 붙였다.

유화는 바로 그런 천상사화 중 하나였다.

"대체 너는 생각이 있는 게야, 없는 게야!"

천화루 사 층에 마련된 별도의 방.

천상사화들이 머물며 몸단장을 하는 방에서 앙칼진 목
소리가 크게 퍼졌다.

쭉 옆으로 가늘게 찢어진 눈. 아담한 입술.

전체적으로 사내를 홀리게 할 만한 여우의 상이다.

눈가에 주름이 살짝 잡혀 나이가 중년에 들었음을 말해
주었으나, 도리어 그것이 관록을 더한 중년의 농염함을 풍
겼다.

소화(韶花)는 전대 천상사화 중에서 가장 이름을 떨쳤던
여인이다.

'소(韶)'란 순(舜)의 예악을 뜻하는 단어.

그녀가 금(琴)을 탈 때면 사람의 심금을 울리고 정신을
맑게 한다 하여 당대 악공의 거두, 방효거사(房效居士)가
별칭을 붙여주었다.

이제는 세월이 흘러 천화루를 관장하는 최고 예기가 되
었다. 어린 예기들로부터는 '어머니'라 불리며 존경을 받

고 있었다.

그녀는 젊은 시절 자신의 재주와 비슷한 유화를 후계자로 점찍어 두고 있었다.

그래서 평소 몸가짐을 각별히 하도록 주의를 주곤 했는데, 이런 사단을 칠 줄이야!

"입이 있으면 말을 해 보아라. 오늘 누가 찾아오시는지 잊었더냐?"

"방효거사이십니다."

"맞다. 공적으로는 이 기루의 천것들에게 스스럼없이 자신의 재주를 나누어 주신 은인이시자, 사사로이는 이 소화의 양부가 되시는 분이다. 한데, 자리를 비워? 이 어미의 얼굴에 먹칠을 하려는 속셈이냐?"

"죄송합니다. 어머니."

"미안하다 말만 하면 될 줄 알았더냐! 네가 정녕 생각이 있다면……!"

"그만하시지요, 어머니. 이미 유화도 충분히 알아들었을 것입니다."

유화와 마찬가지로 천상사화에 꼽히는 앵화(櫻花)가 소화를 만류한다.

하지만 겉으로 유화를 두둔하는 태도와 다르게 눈동자는 호선을 그리고 있었다. 마치 이 상황이 너무나 즐겁다는 듯이.

소화는 그 사실도 모르고 들고 있던 회초리를 내리며 길
게 한숨을 내쉬었다.

"그래. 이유나 물어보자꾸나. 대체 왜 자리를 비웠던 게
냐?"

"……."

유화는 입을 꾹 다문 채 아무 말도 하지 않았다.

소화는 수심이 어린 얼굴로 입을 열었다.

"혹 밤새 이뤄진 변고 때문에 그러더냐?"

"……아닙니다."

"역시나 맞나보구나. 그래. 이 어미가 너에게 너무 큰
짐을 짊어 주었어. 이게 전부 내 잘못이다. 내 잘못."

"그런 게 아닙니다, 어머니!"

유화가 극구 부인했지만, 소화는 연거푸 주먹으로 자신
의 가슴을 두들겼다.

본래 천화루는 동정호를 찾는 시인과 유객들이 끊이지
않은 이상 그들의 돈줄이 끊길 염려는 전혀 없었다.

문제는 일 년 전에 터졌다.

갑자기 악양과 동정호의 패권을 두고 간옹방과 거경방
이 대립을 하며 어려 흑도 세력들을 눌러 버리더니, 끝내
거경방이 승리를 거두면서 주인이 되었다.

거경방은 자신들이 세운 다정루에 힘을 잔뜩 실었다.

한편으로는 자신들에게 세금을 바치지 않는 기루들을 압박했다. 특히 고고하게 서 있으려는 천화루의 피해가 막심했다.

소화는 끝까지 버티려 했지만 끝내 전통을 깨고 거경방에 세금을 바치는 것으로 사건을 마무리시켰다.

그것이 불과 한 달 전 일이었다.

그런데 그런 거경방이 하룻밤 사이에 잿더미가 되었다.

이제야 막 옛날의 이권을 되찾으려 하는 와중에 생긴 변고이니, 천화루로서는 날벼락이 아닐 수 없었다.

그러던 차에 방효거사가 오늘 왕림하겠다는 전갈을 보내왔다.

방효거사는 악공의 대가이기도 하지만, 상계에서도 유명한 거상이다.

휘하에 이끄는 장사상회(長沙商會)는 수십 개의 점포와 상단을 보유하고 있으며 장강의 물길을 따라 동에서 서로 영향이 미치지 않는 곳이 없었다.

또한, 가뭄과 재해가 있을 시에는 아끼지 않고 구휼미를 풀어 일대 협사로도 명성이 자자했다.

거상, 악공, 협사.

여러 가지 면모를 겸비한 희대의 풍객이다.

그런 이가 오랜 장사를 끝내고 삼 년 만에 찾아온다.
그런데 여기서 전갈에 재미난 내용이 들어 있었다.

이번에 강동 지역에서 구한 비단포를 들고 낙양
으로 가려 하네. 한데, 가는 길이 영 심심하지 않겠
나? 근래 금을 안 뜯은 지도 오래되어 몸이 근질근질
하던 참인데, 참한 아이가 있으면 하나 소개시켜 주
시게. 데려가면서 심심파적으로 음이나 같이 나눌까
싶으니.

장사의 이치 따윈 잘 모른다.

하지만 예악이라면 안다.

방효거사가 '금을 나눈다'는 말은 일대일로 전수를 해
주겠다는 말과 같다. 교분을 가질 수 있다는 뜻이다.

때에 따라서는 천화루가 장사상회의 비호를 받을지도
모르는 절호의 기회가 아닌가!

"거사 님을 따라가라는 것이, 그분의 마음을 사라는 내
당부가 그렇게나 어려운 것이더냐?"

"그런 것이 아닙니다, 어머니."

"어렵다 해도 어쩔 수 없다. 이것은 너와 나, 그리고 여
러 아이들의 안위가 달린 중요한 일이니. 거경방 때처럼

무뢰배들로 인해 아이들이 다치는 꼴은 면해야 하지 않겠느냐?"

"……."

거경방이 천화루를 찾아와 끼친 피해가 얼마던가. 아름다운 꽃을 꺾겠다며 강제로 힘을 쓴 것이 또 얼마던가.

천화루는 기루지만 몸을 파는 곳이 아니다. 재주를 파는 곳이다.

때에 따라서는 몸을 팔기도 하지만, 그것은 극소수일 뿐. 이곳을 찾는 여러 손님들도 그런 문화를 인정하고 존경해 주었다.

유화가 아직 남자의 손을 타지 않은 처녀인 것도 그렇기에 가능한 것이다.

소화는 고개를 떨군 유화를 한참이나 바라보다 미소를 지으며 머리를 쓰다듬었다.

"이제 곧 거사 님께서 오실 시간이 되었다. 차비를 하여라."

"예. 어머니."

소화는 자리에서 일어나 방을 떠났다.

앵화가 고소하다는 눈빛으로 유화를 흘깃 보다 소화를 따랐다.

방 안은 마치 태풍이 휩쓸고 지나간 것처럼 무거운 적막이 내려앉았다.

"언니, 괜찮아?"

"어머니도 다 언니를 생각해서 한 말이셔. 그러니까 너무 상처 받지 마. 응?"

평소 친자매처럼 친하게 지내는 도화(桃花)와 죽화(竹花)가 양옆에 붙어 유화를 달랬다.

유화는 미소를 지으며 고개를 저었다.

"알고 있어. 나도."

도화는 바닥에 주저앉으며 한숨을 내쉬었다.

"하아! 정말 이럴 때 진 언니만 있었으면……."

"진 언니가 누구예요?"

"아! 죽화, 너는 온지 얼마 안 됐으니까 모르겠구나. 예전에 우리 도와주던 언니셔. 사실 거사 님은 우리보다 진 언니를 더 아끼셨지. 만약 그 언니가 있었다면 이렇게 우리가 걱정하지 않아도 됐을걸."

"그런데 왜……?"

"그게……."

"도화야!"

"어머. 내 정신 좀 봐. 미안. 사실 말할 게 못 돼."

도화는 유화의 일갈에 한 발을 슬그머니 뒤로 뺐다.

사실 '진 언니'라는 사람에 대한 일은 그녀로서도 쉽게 입에 올릴 수 있는 일이 아니었다. 그저 아쉬움이 가득하기에 저도 모르게 한탄조로 말한 것일 뿐.

그만큼 그녀가 천화루에 미친 영향은 매우 컸다.

"기녀가 아니셨나 봐요."

"응. 하지만 다른 사람들과 다르게 우리를 자매처럼 아껴주셨던 분이야."

도화는 옛 추억을 떠올리며 한껏 미소를 지었다.

죽화는 과연 그 사람이 누굴까, 순진한 눈망울로 눈을 끔뻑였다.

그때 유화가 자리에서 일어났다.

"나 이제 준비해야겠어. 잠시만 자리 비켜줄래?"

"알겠어요. 우리도 어서 나가서 준비해야지."

"아, 네!"

도화는 눈치껏 죽화를 데리고 밖으로 나갔다.

유화는 자리에 털썩 주저앉아 길게 한숨을 내쉬었다.

소화의 기대. 도화와 죽화의 어리광. 천화루의 명운. 방효거사의 행차.

모든 것이 그녀의 마음을 무겁게만 만들었다.

유화는 쓴웃음을 짓다가 고개를 슬쩍 들었다. 아무것도 없는 방. 천장만이 보였다.

"거기 있으면 나와 줄래?"

쉿!

무성이 기척도 없이 유화의 앞에 나타났다.

유화는 살짝 놀란 눈이 되었다.

"아까 전에도 봤지만 정말 신기하네. 대체 지난 시간 동안 무슨 일이 있었던 거야? 얼굴도 너무나 달라졌고."

"많은 일."

유화는 무성의 쓸쓸한 눈빛에서 말 못 할 사연을 느꼈다. 그녀가 가진 무게와는 비교도 할 수 없는 일들일 것이다.

그녀는 천천히 일어나 무성에게로 다가갔다.

무성은 석상처럼 가만히 서 있기만 했다.

이전에도 감정 표현이 서툰 아이었지만, 지금은 너무나 멀게만 느껴졌다.

와락!

유화는 무성을 품에 꼭 끌어안았다.

주르륵. 눈물이 흘러내렸다.

"죽은 줄로만 알았는데…… 너무 보고 싶었어. 무성."

유화는 손가락으로 눈물을 훔쳤다.

무성과 유화는 누이 덕택에 친하게 지냈다. 나이는 유

화가 많았지만, 어린 시절부터 줄곧 함께했기에 친구 같은
사이였다.

"그러니까 낙양으로 가는 걸 도와 달라고?"

"응. 최대한 빨리 도착해야 해. 시간이 없어. 네 도움이
절실히 필요해, 유화."

"날…… 사랑해 준다고만 하면 도와줄게."

"미안."

"역시나 안 해 주는구나. 넌 그런 면에서는 너무 고지식
했지. 그래서 내가 널 좋아했던 거겠지만."

"……."

"아무튼 도와줄게. 그 일, 진 언니와 관련 있는 거지?"

"그건 말 못해."

"예전처럼 또 우리가 위험해질 테니까. 후우! 알았어.
내게 맡겨."

"고마워."

*　　　*　　　*

'넌 예나 지금이나 달라진 게 없구나.'

유화는 오랫동안 가슴에 묻었던 사랑을 다시 떠올리며
쓸쓸하게 웃었다.

무성은 언제나 고독한 눈을 하고서 먼 길을 본다.

유화가 할 수 있는 일은 그것을 멀리서 지켜보는 것밖에는 없었다.

'네가 싸우고 있듯이, 나도 같이 싸울게.'

유화는 주먹을 꽉 쥐며 어느 방문 앞에 섰다.

시립하고 있던 하인들이 문을 활짝 열었다.

그러자 드러나는 광경.

수십 명은 족히 수용할 수 있을 널찍한 방에 커다란 상이 놓여 있다.

상다리가 휘어지도록 올라온 산해진미와 미주가효는 향긋한 냄새를 풍기고, 벽면을 따라 줄지어 앉은 악공들이 내는 연주는 분위기를 한껏 띄운다.

상 중앙에는 한 장년인이 앉아 있었다.

불룩한 배. 뚱뚱한 체구. 피지로 번뜩이는 얼굴. 탐욕스러운 눈빛.

한 손에 하나씩 기녀들의 허리를 두른다. 또 다른 기녀가 옆에서 직접 떠주는 음식을 받아먹는다.

돈을 좋아하고 색을 밝힌다.

전형적인 장사치 인상을 풍기는 이다.

정말 악공으로서 예인으로서 수많은 명예를 한 몸에 받는 방효거사가 맞나 싶다.

방효거사는 자신이 품에 안은 여인들을 다 합쳐도 모자랄 미녀를 보자 놀란 눈이 되었다.

유화가 안으로 들어서자 마치 방안이 환해진 것 같다.

악공들도 놀란 눈이 되어 연주를 하다 말고 그녀의 얼굴에 시선을 빼앗기고 말았다.

"대체 뭘하느냐! 더 연주하지 않고!"

방효거사가 뒤늦게 정신을 차리고 버럭 소리를 지른 후에야 악공들은 부랴부랴 다시 연주를 시작했다. 하지만 이미 그들의 음악은 유화의 미모에 묻힌 후였다.

유화가 천천히 걸어 들어와 고상한 자태로 고개를 조아렸다.

"소녀, 유화라 하옵니다."

"오냐. 내 소화에게 말 많이 들었다. 확실히 아름답기는 너무나 아름답구나. 천상의 꽃이 따로 없어."

"과찬이시옵니다."

"맞다. 과찬이지. 기분 좋으라고 한 말이니까."

방효거사 갑자기 웃다 말고 싸늘하게 인상을 굳힌다. 말꼬리를 잡아끌며 입술을 비튼다.

유화는 순간 무언가 잘못되었다는 생각이 들었다.

방효거사가 차갑게 물었다.

"내 알기로 천상사화는 단 한 번도 꺾인 적이 없는 고고

한 꽃이라 들었는데, 어찌하여 네게서 남자 살 냄새가 풍기느냐?"

순간, 실내에 적막이 내려앉았다.

악공들도 기녀들도 모두 하던 일을 멈추고 놀란 눈이 되었다.

천상사화가 남자의 손을 탔다?

저잣거리에 퍼진다면 큰일이 날 일이다.

하지만 충격적인 발언을 한 방효거사는 탐욕 가득한 미소만 짓고 있을 뿐.

거기에 대해서는 다른 일언반구도 없었다.

"모두 물러나 있으라."

악공과 기녀들은 서로 눈치를 보다 썰물처럼 빠르게 방을 빠져나갔다.

남은 것은 비틀린 미소를 단 방효거사와 잔뜩 굳은 모습으로 앉아 있는 유화 뿐.

방효거사는 술잔을 자작하더니 가볍게 내려놓았다.

탁!

"불러라."

"……?"

"뒤에 있지 않느냐. 그 냄새의 주인이."

"……!"

유화가 뭐라 말을 하려는 찰나,

드르륵!

문이 저절로 열렸다.

무성이 무심한 눈으로 서 있었다.

第八章

묵혈병론(墨血兵論)

전서응을 통해 간독이 주었던 서찰은 한 가지 내용을 담
고 있었다.

방효거사가 곧 천화루를 거쳐 갈 것이란 내용.

마지막엔 한 문구가 더해져 있었다.

그를 얻어라.

*   *   *

잠시 후, 방효거사의 명령에 따라 물러났던 악공과 기녀들이 돌아왔다.

그들은 마치 가시방석에라도 앉은 것처럼 쭈뼛거렸다.

방효거사와 유화.

두 사람 사이에 무슨 대화가 오고 갔는지 궁금해하는 모습이 역력하다.

하지만 방효거사는 그들의 의문을 풀어줄 생각이 없는 듯, 크게 소리쳤다.

"음을 연주하라."

방을 따라 음이 흐른다.

딩! 딩—!

유화가 금을 탄다.

그녀가 이 자리에 온 것은 다른 기녀들처럼 아양을 떨기 위해서가 아니다. 자신이 쌓은 금 실력을 보여주기 위해서다.

입술이 열린다.

아리따운 목소리가 낭창하게 울려 퍼졌다.

산승이 마주 앉아 바둑을 두는데
바둑판 위에 대나무 그늘이 시원하네.
대나무 그림자에 가려 사람은 보이지 않고,

때때로 바둑 두는 소리만 들리네.
아리따운 소녀가 작은 배 저어
연을 훔쳐 따 가지고 돌아오네.
종적 감출 줄을 몰라,
물풀 위로 산뜻 길이 하나 생겼네.

山僧對棋坐 局上竹陰淸
映竹無人見 時聞下子聲
小娃撑小艇 偸采白蓮回
不解藏踪迹 浮萍一道開

"백거이(白居易)의 지상이절(池上二絶)인가?"
방효거사는 술잔을 음미하며 분위기를 즐겼다.
악공들도 기녀들도 모두 유화에게 홀리고 말았다.
방효거사는 가볍게 피식하고 웃더니 시선을 우측으로
비스듬히 돌렸다.
악공들 사이로 시선을 던진다.
열 명씩 두 줄. 스무 명의 악공들이 정신을 못 차리며 멍
하니 앉아 있다.
그 가운데 유독 한 사람만이 비파에는 손을 얹지도 않고
유화를 보지도 않았다. 그는 방효거사 쪽을 보고 있었다.

눈과 눈이 마주친다.

'진무성이라 했던가? 신기한 아이로군.'

보통 자신과 눈을 마주치면 두 가지의 상반된 반응을 보인다.

경멸을 띠거나, 주눅이 들거나.

전자는 자신의 외양만 보고서 판단을 내리는 자들이고, 후자는 자신의 재력과 명성에 스스로 눌리는 자들이다.

그런데 녀석은 둘 다 아니었다.

무심했다.

마치 이곳은 자신이 있을 자리가 아니라는 듯.

"어떻게 제가 있는 걸 아셨습니까?"

처음 만나자마자 던졌던 말도 그것이었다.

그래서 방효거사는 이렇게 답했다.

"말하지 않았나? 냄새 때문이라고."

"……?"

"대답은 알아서 찾아보시게나."

무성은 그 후로 아무런 질문도 던지지 않았다. 그저 묵묵히 고민에 잠겼다.

아마 질문에 대한 대답을 찾으려는 것이겠지.

그래서 더 신기하고 재미있었다.

분명 자신을 찾아온 것은 저 아이인데, 용건을 말하기는

커녕 아무렇게나 던진 숙제를 풀려고 하니.

물론 방효거사는 답을 들려줄 생각이 없었다.

그것은 자신만의 비밀이었으므로.

다만 그저 처음 보는데도 불구하고 정감이 가는 모습을 보는 것이 재미있었다.

더군다나,

'닮았단 말이지. 그 아이를.'

오래전 제자로 삼고자 했으나, 삼지 못했던 아이. 이제는 성숙한 처녀가 되었을 그 아이를 너무 닮아 정감이 갔다.

그래서 조금 더 놀아 보고자 했다.

방효거사는 남들이 보지 못하게 입술을 달싹였다.

"어떤가? 아리따운 소녀가 배를 저어주고 있으니, 우리는 산승이 되어 바둑이라도 둬야 하지 않겠나?"

악공, 무성의 눈이 깊게 가라앉았다.

방효거사.

그의 존재감은 너무나 무겁다.

겉으로는 탐욕과 욕심에 찌든 자로만 보인다. 돈과 색을 밝힐 것 같다.

하지만 그것은 단순한 겉모습일 뿐.

눈동자에 어린 정광은 맑다. 또한, 깊고 그윽하다.

어느 분야에서든 최고의 경지에 오른 자들이나 가질 수 있는 눈이다. 혹은 고승이나 진인처럼 도를 깨달은 자의 눈이다.

행동은 경망스럽지 않고 엄숙하다. 말투는 날카로운 것 같지만 절도를 지킨다.

그렇기에 선입견을 가지고서 그를 본다면 그가 겉으로 위장한 겉모습밖에 보지 못할 것이되, 진실한 면을 보고자 하면 도리어 한없이 휘어 잡히는 자신을 발견하게 된다.

말투, 행동, 손짓 하나하나에 무게가 담겨 있다.

재미나다는 듯이 웃고 있는 미소는 무성을 낱낱이 파헤치고 있었다.

'절대 예사로운 자가 아니야.'

예인이되 협사다. 협사이되 거부다.

여러 방면에 다양한 얼굴을 가졌다는 것. 이미 그 자체부터가 그가 가진 무게를 말해 준다.

문제는 그렇다고 해서 무공을 익힌 무인은 아니란 점이었다.

무공을 익혔다면 절대 저런 자세가 나올 수 없다. 뚱뚱한 체구에 기름진 손은 오로지 금과 돈만 만져 온 사람의 것이다.

심기에 있어서 통달한 무성의 눈을 속일 순 없다.

'그냥 경지에 오른 사람. 대가(大家)라 할 수 있는 존재. 하지만 그렇기에 절대 무시할 수 없어.'

무성이 입을 살짝 열어 전음을 보냈다.

『어떤 바둑 말씀이십니까?』

방효거사의 눈이 살짝 커졌다.

『여기는 보는 눈이 많습니다. 그리고 저는 다른 사람들의 눈에 띄기 싫으니 이렇게 대화를 나누시지요. 거사께서는 입모양을 짓는 것으로도 충분합니다.』

방효거사는 재미난 장난감을 발견한 아이처럼 빙그레 웃는다.

아마 무성이 나이에 어울리지 않게 전음을 구사할 줄 아는 고수라는 사실에 더 큰 흥미를 느끼는 모양이었다.

입술을 살짝 열었다.

'이거면 되나?'

『충분합니다. 하면 말씀해 주십시오. 어떤 바둑을 원하십니까?』

'흥정하러 온 놈이 제시를 해야지, 가만히 있는 상인이 왜 제시를 하나?'

『현재 거사께서는 예인이나 협사가 아닌 상인의 자격으로 이곳에 앉으셨으니, 상인의 바둑은 어떠신지요?』

'호오? 상인의 바둑이라? 해 보시게.'

방효거사의 눈빛이 호기심으로 변했다.

무성은 단도직입적으로 말했다.

『거사를 사고 싶습니다.』

방효거사가 피식 웃음을 흘렸다.

'나를 사고자 하는 인간들은 세상천지에 널렸지. 얼마를 줄 수 있는가?'

『거사께서는 스스로의 가치가 얼마라 여기십니까?』

도리어 반문을 던진다.

'이거 그냥 재미난 아이인 줄 알았더니 알고 보니 천지 무서운 줄 모르고 날뛰는 천둥벌거숭이였구만. 내 가치를 묻는다? 아양을 떨어도 모자랄 판국에?'

방효거사는 말투와 다르게 미소를 짓고 있었다.

말없이 자신의 술잔을 채우더니 가볍게 들었다.

'좋아. 그 전에 몇 가지만 물으마.'

『예.』

'자네는 천화루의 값어치가 얼마라 생각하나?'

갑자기 툭 던지는 질문.

대화의 화제와는 전혀 관련 없다.

하지만 무성은 이것이 방효거사가 자신에게 내리는 시험이라는 것을 깨달았다.

『글쎄요.』

'일만 관(貫)일세.'

『......?』

무성은 잠시 말이 없었다.

일만 관이라면 서너 개의 성(省)을 일 년간 유지할 수 있을 만큼 어마어마한 비용이다.

때에 따라서는 작은 도관을 사대 가문에 견줄 만한 세력으로 만들 수 있을 만큼 대단하다.

그런데 천화루에 일만 관의 값어치가 있다?

'먼저 동정호라는 천혜의 경관과 유서 깊은 악양을 무대로 한다는 것. 또한, 천화루를 들리는 시인, 묵객, 유객, 대작, 중신. 그들 하나하나가 가진 무게와 인맥이란 절대 무시할 수 없지. 어떨 때는 한 나라를 움직일 수도 있다.'

무성의 눈이 살짝 커진다.

'하지만 가장 비싼 것은 천화루를 운영하는 예기들일세. 왠지 아나?'

『모르겠습니다.』

'이들에게 음을 가르친 것이 나거든.'

『......!』

"하하하!"

방효거사는 호목을 부릅 뜬 무성을 보면서 소리를 내어

껄껄 웃어 대며 술잔을 넘겼다.

기녀와 악공들은 그가 왜 그러나 의아해했지만, 방효거사는 아무런 답도 주지 않았다.

유화만이 묵묵히 계속 금을 연주했다.

'그럼 다음 질문. 동정호는 얼마쯤 할까?'

『십만 관이나 백만 관쯤 되지 않겠습니까?』

'틀렸네. 일천 관일세.'

『왜입니까?』

동정호는 중원에서 가장 큰 호수다. 그 풍광을 동경하는 사람들로 늘 인산인해를 이룬다. 천화루가 있을 수 있는 것도 동정호 덕분이다.

그런데 천화루보다 동정호가 못하다니.

'세상에 널리고 널린 것이 물이고 땅인데 이깟 호수가 뭐가 대수인가? 땅이야 내가 가진 곳으로도 충분하고, 사람이야 내가 부리는 이들로도 충분하지. 적당히 물을 가져다가 채우면 그것이 곧 동정호지. 딴 게 있겠나?'

『그렇군요.』

'이번에는 장강으로 해 보지. 얼마일까?'

『일백 관이겠군요.』

'맞네. 이제야 말귀를 좀 알아먹는구만.'

방효거사는 피식 웃으며 말을 이었다.

'물에는 주인이 없지. 있는 놈들이라고 해 봐야 죄다 세들어 사는 놈들밖에 더 있나?'

무성은 장강을 무대로 살아가는 이들을 떠올렸다.

수적, 어부, 상인. 모두 장강 덕분에 살아간다. 주인이라 할 수 없다. 설사 황제라 해도 장강을 다룰 순 없다.

일백 관이란 돈도 충분히 크다.

그 정도라면 그들을 모두 살 수 있을 것이다.

'이제 다시 방향을 원래대로 돌려서. 나는? 나는 얼마나 할까?'

『십만 관입니다.』

'이유는?'

『거사라면 천화루도, 동정호도, 장강도 모두 가질 수 있을 테니까요.』

'말은 고맙네만 틀렸어. 흐음! 내 자네를 좀 높게 봤는데 영 아니구만.'

『……..』

방효거사의 얼굴에 실망감이 어린다.

무성은 잠시 고민에 잠기다 불현듯 무언가를 깨달은 듯다시 전음을 보냈다.

『정정하겠습니다.』

'해 보게.'

『한 냥입니다.』

아래로 향하던 방효거사의 입술이 다시 위로 솟는다.

그의 눈가엔 주체할 수 없는 기쁨이 어렸다.

'그럼 자네는?'

『한 냥입니다. 목숨은 하나밖에 없으니까요.』

"크크크큭! 역시 미친놈이었어."

방효거사는 저도 모르게 육성으로 웃음을 터뜨렸다.

『그럼 이번엔 반대로 제가 질문을 드리지요.』

"해 봐."

방효거사는 이제 주변의 눈이 모두 자신을 향해도 전혀
아랑곳하지 않겠다는 투였다.

마치 미친놈처럼 홀로 허공에다 대고 이야기를 한다.

그래도 무성은 끝까지 자신을 노출하지 않았다.

『무신의 몸값은 얼마입니까?』

방효거사는 전혀 생각지도 못한 이름이 튀어나왔다는
듯 살짝 놀라다 피식 웃었다.

"그야 당연하지 않느냐?"

미소가 너무나 짙어졌다.

"그놈도 한 냥."

방효거사는 지금 이 순간이 너무나 즐거웠다.

'재미난 놈이 걸려들었어.'

처음에는 단순한 흥밋거리에 지나지 않았다.

이 세상에 그의 환심을 사려는 인간들은 많다.

그가 가진 재력, 명성, 권력이라면 누군들 탐내지 않을 수가 없었으니까.

하지만 그들은 그가 시험을 낼 때마다 탈락했다.

이해를 못하거나, 대답이 틀리거나.

그런데 녀석은 이해를 하고 대답을 하는 것으로도 모자라 질문까지 던진다.

아주 흥미로운 질문을.

덕분에 단순한 흥미는 이제 호기심으로, 호기심은 재미로 서서히 변해 갔다.

그때 갑자기 무성이 자리에서 일어났다.

'뭘 하려고?'

방효거사가 호의 어린 눈빛으로 보는데, 무성이 무언가를 그에게로 툭 하고 던졌다.

챙그랑!

탁상에 떨어진 것은, 엽전 한 냥이었다.

"당신을 사겠습니다."

갑작스러운 그의 말에 악공과 기녀들이 벌떡 일어났다.

"다, 당신 지금 거사께 무슨 행패를 부리는 것이오!"

"분명 본루에서 못 보던 분이신데 어디서 오신 거죠?"

유화만이 무성의 돌발적인 행동에 안절부절못했다. 손은 계속 금을 타고 있지만 눈은 무성을 좇았다.

"그만! 저 아이는 내가 부른 객이니 관여치 말거라. 그리고 유화, 음이 흐트러지지 않느냐? 정신 똑바로 차리지 못해!"

유화는 그제야 정신을 차리고 다시 금에 몰두했다. 나머지 사람들도 입을 꾹 다물고 앉기는 했지만, 염려와 분노 가득한 눈길로 무성을 쏘아보았다.

방효거사는 손으로 엽전을 집어 들었다.

"그래. 나를 사서 뭐에 쓰려 하시는가?"

"배를 빌려주십시오."

"어차피 가는 길에 군식구 하나 더 는다고 해서 달라질 것은 없지. 하지만 맨입으로 데려갈 수는 없지 않나?"

챙그랑!

이번에는 방효거사가 주웠던 엽전을 도로 무성에게로 튕겼다.

"나 역시 자네를 사지. 좀 실컷 부려먹어야겠어. 꽤 해야 할 일이 많거든."

무성은 잠시 고개를 내려 발치 앞에 떨어진 엽전을 내려다보았다.

그는 그것을 주울 생각도 않고 다시 고개를 들었다.

"한 냥이 비는군요."

"음? 분명 딱 맞게 주었을 텐데?"

"한 사람 몫이 비지 않았습니까?"

"누구 몫?"

이번에는 무성의 입술이 달싹거렸다.

'무신.'

"……!"

잠시 후.

"푸하하하하하하!"

방효거사가 크게 웃음을 터뜨리더니 손바닥으로 무릎을 '탁!' 하고 세게 두들겼다.

쩌렁쩌렁하게 울리는 웃음소리.

자리에 있던 사람들은 모두 전전긍긍한 얼굴로 방효거사의 눈치를 살폈다.

방효거사는 여러 얼굴을 가진 것만큼이나 성정 또한 괴팍하기로 유명하다.

웃다가도 화를 내고, 울다가도 욕심을 부린다.

대체 왜 저러는가 싶어도 방효거사의 성정을 파악하기가 힘들다. 덕분에 주변 사람들은 방효거사가 극적인 감정

표현을 보이면 항상 살얼음판을 걷는 기분이었다.

"최궁(崔窮)!"

"예! 회주!"

총관이자 최측근인 최궁이 벌떡 자리에서 일어났다.

방효거사는 웃음을 잃지 않은 채로 물었다.

"수중에 돈이 얼마나 있나?"

"예? 예?"

"가는귀라도 먹었나? 이젠 좀 컸다고 내 말도 안 들려?"

"아, 아닙니다!"

최궁은 부랴부랴 혁대에 묶었던 돈주머니를 풀었다.

"비상시를 대비해 금전 서른·개가 있습니다."

"전부 저놈에게 줘."

"하, 하지만……!"

"내가 두 말 하는 걸 싫어한다는 것을 잘 알지 않나?"

최궁은 도저히 상황이 이해가 가지 않았다.

금전 하나가 무성이 건넨 엽전 천 개에 육박한다.

방효거사에게는 하룻밤 술을 마시면 사라질 만큼 적지만, 일반 가정집이 몇 달을 풍족하게 지낼 수 있을 만큼 크다.

그런 금전이 무려 서른 개다.

그렇다고 해서 주인의 의중을 따르지 않을 수 없어 의심 가득한 눈으로 무성의 발치에다 돈주머니를 던졌다.

방효거사가 히죽 웃었다.

"부족한 것을 채우다 못해 아예 들이 부었으니 꽤 해야 할 일이 많을 게야."

"이미 서로가 서로를 산 사이이지 않습니까?"

"그렇지. 그렇고말고! 우리는 이제 동업자지."

방효거사는 여전히 경악을 금치 못하는 주변 사람들을 둘러보다 의문을 던졌다.

"한데, 방금 전까지만 해도 모습을 숨기고 싶다 하더니 이렇게 날뛰어도 되는 겐가? 보는 눈이 이리도 많은데?"

"동업자분께서 알아서 해 주시겠지요."

"크크크크큭! 이놈, 물건인 줄 알았더니 보면 볼수록 헛물만 잔뜩 들이킨 놈이 아닌가? 이잉, 완전 똥배짱이구만."

"귀찮으시다면 제가 손을 쓰지요."

"됐다! 술 마시러 온 이리 좋은 날에 무슨 재수 옴 붙으라고!"

방효거사는 버럭 소리를 지르더니 다시 최궁과 주변 사람들을 둘러보았다.

"다들 미안하지만, 잠시만 귀를 닫아 주게나."

"무슨 말씀이…… 으으음!"

최궁이 말을 하다 말고 갑자기 옆으로 털썩 쓰러졌다.

다른 사람들도 차례로 눈을 끔뻑끔뻑거리더니 옆으로 기울어졌다. 악공과 기녀들 모두 깊게 눈을 감았다.

유화만이 금을 타다 말고 놀란 눈으로 주변을 둘러보았다. 무성이 멀리서 기막(氣幕)을 쳐주어 아무런 영향도 받지 않은 것이다.

"너무 놀라지 말거라, 아가야. 그저 다들 잠시 잠들었을 뿐이니."

"최면향(催眠香)이로군요."

무성은 방효거사의 무릎 맡에 놓인 향촉을 보았다.

자그마한 초가 뿌리까지 타고 있었다.

"이 위치쯤 되니 이 늙은이를 괴롭히려는 놈들이 어디 한둘이어야지. 유사시를 대비해 준비해 둔 것인데, 이리 쓸데없는 곳에 쓰일 줄 누가 알았겠나? 이거 꽤 비싸다네. 따로 청구할 걸세."

"돈은 많습니다. 필요하신 만큼 가져가시지요."

무성은 발치에 놓인 엽전과 돈주머니를 들어 보였다.

"푸하하하하! 이거 진짜 미친놈일세!"

방효거사는 다시 웃음을 터뜨렸다.

무성은 방효거사의 맞은편에 옮겨 앉았다.

유화는 어쩔 줄 몰라 방황했다. 자신이 자리를 마련하긴 했지만, 여기에 그녀가 끼어들 자리는 없었다.

"우리가 너에게 너무나 무심했구나. 다른 음을 연주해 주지 않겠느냐? 음색이 너무 고와 또 듣고 싶구나."

"네. 알겠어요."

유화는 할 일이 생겼다는 생각에 반색하며 금을 뜯기 시작했다.

방효거사는 무성에게 술잔을 내밀었다.

"자네도 한 잔 들겠나?"

"아직 나이가 어려 배우질 못했습니다."

"음? 겉보기에는 성인이 거의 다 된 것 같은데? 보기보다 나이가 적은가 보지?"

"예."

"이거 겉만 번지르르한 애늙은이였구만."

방효거사는 혀를 가볍게 찼다.

"그래도 술은 어른에게 배우라고 했지. 이참에 배워. 나와 동업하려면 술은 기본 소양이야."

"그럼 받겠습니다."

"역시 시원해서 좋구만."

무성은 술잔을 공손히 받았다. 방효거사가 그 위에 술을 따랐다.

또르륵!

맑은 물줄기가 흐르며 알싸한 향이 풍긴다.

"향이 좋지? 여아홍(女兒紅)이란 것일세. 본래 강남에서
여아가 태어나면 과일과 함께 담갔다가 시집을 가는 날에
꺼내는 귀한 것인데, 나는 이곳 천화루에 오면 자주 즐기
곤 하지."

무성은 술잔을 가만히 보다가 단번에 들이켰다.

감미로운 술이 혀를 희롱한다. 꽃향기가 코를 자극한다.
하지만 삼키는 순간 목이 타들어 가는 것 같았다. 뜨겁고
화끈했다.

방효거사는 살짝 일그러진 무성의 얼굴을 보고 파안대
소를 터뜨렸다.

"푸하하하하! 이렇게 무식하게 술 마시는 놈은 또 처음
보는구만. 술버릇 잘못 들였다가는 주당이 되겠는걸. 그
래, 어떤가?"

"솔직히 이걸 왜 즐겨 마시는지 모르겠습니다."

"정말 어린가 보구만? 본래 나이를 먹을수록 술맛을 알
게 된다는 말이 있지. 아직은 이른 게야."

방효거사는 빈 술잔에다 다시 술을 채워 주었다.

이제 본격적인 이야기에 들어갈 때였다.

또르르……

"그래. 이 늙은이에 대해서는 얼마나 알고 찾아오셨는가?"

"거사께 따님이 한 분 계시고, 그 따님이 무신궁에 잡혀 있다는 정도만 알고 있습니다."

……뚝!

갑자기 여아홍이 흐르다 말고 그친다.

"잔이 아직 덜 찼습니다."

"……자네, 뭔가?"

무성을 바라보는 방효거사의 눈빛은 더 이상 호의를 담지 않았다.

무심하게 가라앉은 눈.

그 속에 짙은 살의와 경계심이 어렸다.

상인이란 수많은 가면을 쓰고 살아가는 존재다.

가면 너머에는 무수히 많은 계산과 이익이 스쳐 지나가고 있다. 그런 가면이 벗겨지는 순간 상인은 모든 것을 잃어버린다.

그런데 무성은 그 가면에다 못질을 했다.

"잊으셨습니까? 거사의 동업자이지요."

무성은 담담하게 답했다.

"장난치지 말게."

"사실입니다."

무성은 방효거사의 얼굴을 덮고 있던 가면을 강제로 벗기려 했다. 하지만 그러려면 자신이 쓰고 있는 가면부터 먼저 벗어야 한다.

"저 역시 무신에게 원한을 갖고 있습니다. 거사께서는 따님을 찾아올 수라도 있지만, 저는 찾지도 못합니다."

"이야기가 길어질 것 같군."

방효거사는 자신의 잔을 들어 입으로 넘겼다.

"그래. 그렇단 말이지? 자네가 그 아이의……."

방효거사가 작게 중얼거린다.

무언가를 쫓듯이. 무언가를 그린다. 누군가를 떠올리고 있었다.

탁!

무성은 맞은편에서 말없이 두 번째 잔을 들이켰다.

＊　　＊　　＊

유화는 눈을 감았다.

'너무 많은 일이 있었어.'

단순한 하룻밤에 지나지 않는데 왜 이리도 길게만 느껴

지던지.

무성과 방효거사는 대화를 길게 나누지 않았다. 최면향의 약효가 다하며 악공과 기녀들이 금방 일어났기 때문이었다.

하지만 그 짧은 대화 속에서 유화는 눈물을 흘렸다.

'대체 그동안 무슨 일을 겪었던 거니?'

무성이 살아온 삶. 구구절절한 사연.

듣는 내내 마음이 미었다.

그와 모르는 사이였다면 딱하다고 말만 하고 끝냈을 것이나, 너무나 잘 아는 사이이기에 슬펐다.

'내가 너를 도와줄 수 있는 일은 정말 이것밖에 없는 걸까?'

기녀들은 어느 악공을 보며 쑥덕거렸다.

"근데 쟤, 어디 얼굴이 익숙하지 않아?"

"난 잘 모르겠는데?"

"아냐. 어디서 많이 본 얼굴인데. 근데 도통 생각이 안난단 말이야."

"저기……."

"왜? 생각나는 사람 있어?"

"그냥 내 생각인데…… 진 언니를 좀 닮지 않았어?"

"진 언니?"

"응. 무성이 크면 저렇지 않을까 싶은데."

"무성?"

"무성이라고?"

누군가 혹시나 하는 마음으로 던진 돌멩이.

그것은 파문이 되었다.

방효거사와 이야기가 끝난 후.

대부분의 악공과 기녀들은 방효거사를 따라 방을 나섰다. 모두 고개를 갸웃거리면서.

최면향은 일시적인 기억 소거에도 도움이 되기 때문에 무성이 저질렀던 일을 기억할 우려는 하지 않아도 되었다.

하지만 무성은 쓴웃음을 지어야 했다.

"무성! 너 진무성 맞지?"

말을 건넨 것은 규화(奎花)다.

유화와 함께 누이와 가장 친하게 지냈던 기녀였다. 그녀 뒤로 세 명의 기녀들이 더 의심 반 불신 반에 찬 눈으로 섰다.

모두 익숙한 얼굴들이다.

주익과 동정오우를 잡을 때에 기회를 마련해 주었던 고마운 은인들.

'조용히 떠나고 싶었는데.'

무성은 은인들을 모른 척할 수 없었다.

저쪽 뒤편에 있는 유화도 그녀들의 바람을 모른 척 말라며 고개를 끄덕이고 있었다.

"맞아. 다들 오랜만이야."

"무성!"

기녀들은 환한 미소를 지었다.

"대체 어떻게 된 거야?"

"맞아! 분명 우리 눈으로 사약을 마시는 걸 봤었는데…… 어떻게……!"

"거기다 그 얼굴은 어떻게 된 거고? 키도 커졌잖아?"

기녀들은 무성을 붙잡고서 서로 돌아가면서 한 마디씩 던졌다.

지금 이 순간만큼은 옛날로 돌아간 기분이었다.

무성은 경황이 없었지만 모두 받아주었다.

덕분에 몇 가지 모르던 사실도 알았다.

"내가 죽었었어?"

아마 북궁검가에서 세운 대역일 것이다.

"어! 그때 다들 연차를 쓰고 널 보러 갔었어. 유화만 빼고."

규화가 글썽거리는 눈으로 고개를 끄덕였다.

무성은 잠시 유화와 눈이 마주쳤다. 유화는 모른 척 슬쩍 고개를 돌렸다.

규화가 대신 설명해 주었다.

"그때 유화가 병이 났었거든. 네가 뇌옥에 갇혀 있는 내내 얼마나 고생했었는데. 밥도 제대로 못 먹고 죽만 겨우겨우 먹고……."

"언니!"

"시끄러, 이년아! 그때 우린 전부 네가 무성을 따라 덜컥 잘못되지 않을까 얼마나 걱정했었다고!"

규화는 유화의 반발을 가볍게 박살 내 버렸다.

무성은 가슴속이 따뜻해지는 것 같았다.

'다들 날 걱정해 주었구나.'

누이와 있었던 하루하루. 이들과 보냈던 하루하루.

그때는 너무나 당연하게 여겨 몰랐지만, 지금 돌이켜 보면 너무나 행복했던 시간들이다.

'이제는 돌아갈 수 없겠지.'

마음이 시려 온다.

더불어 귀화가 타오른다.

자신에게서 행복한 일상을 빼앗아 간 저들에 대한 분노로.

*　　*　　*

이튿날.

무성은 유화와 함께 장사상회의 배에 올랐다. 방효거사의 손님 자격으로.

덕분에 두 사람을 보는 일꾼들의 눈은 좋지 않았다.

그들이 보기에 유화는 방효거사가 심심한 여정에 데리고 다니려는 기녀, 검을 든 무성은 그런 기녀를 지키는 호위무사로 비쳐진 것이다.

하지만 두 사람은 거기에 대해 오해를 풀려고 하지 않았다.

유화는 원체 다른 사람들 앞에 나서기를 싫어하는 성격이었다. 무성 역시 타인과 부딪칠 생각이 전혀 없었다.

그저 조용히 낙양에 도착하기만 하면 되었다.

쏴아아아!

배가 동정호의 물살을 빠르게 가른다.

무성은 가만히 갑판 앞에 서서 물끄러미 동정호를 지켜보았다.

수면 위로 얼굴이 비친다.

'내가 언제 이렇게 변했었지?'

무성은 몇 달 사이에 확연히 달라진 얼굴을 보고 적잖게 놀랐다.

근래 키는 부쩍 커졌다는 것을 느꼈다.

한창 자라나는 나이이니 변이가 완성되면서 성장이 촉발되고 근골이 다져진 것이다.

그런데 커진 것은 신장만이 아닌 모양이다.

유화를 비롯해 오랜만에 만난 기녀들이 모두 입을 모아 그에게 많이 변했다고 하더니.

처음엔 그저 많은 일을 겪어 기도가 달라졌기 때문인지 알았는데, 외양도 이전과 천지 차이다.

앳되었던 인상은 이제 굵은 선을 띈다. 전체적으로 서너 살은 더 먹은 것 같다. 하루아침에 누이의 또래로 변한 것 같았다.

'이것도 변이의 후유증인 걸까?'

무성은 훌쩍 자라 버린 자신을 보며 씁쓸하게 웃었다.

그를 비추던 수면은 곧 배에 의해 새하얀 포말이 되어 산산이 부서졌다.

"무슨 생각해?"

무성은 곁에서 들리는 나긋한 목소리에 고개를 돌렸다.

어느새 유화가 그의 옆에 나란히 섰다. 얼굴을 덮은 면사가 살랑살랑 바람결에 흔들린다. 면사 위로 드러난 아름다운 눈이 옥구슬처럼 반짝였다.

"아무 생각도 없어. 그냥 보는 거야."

"정말?"

"……."

"이곳은 네게 고향이잖아."

무성은 옥구슬에 비친 자신을 발견했다.

쓸쓸한 얼굴이다. 저런 표정을 짓는데 아무런 생각도 않는다면 이상한 것이겠지.

"사실 그냥 옛날 일을 되짚어 보고 있었어."

무성은 담담하게 말을 이어 나갔다.

"무관에서 친구들과 싸웠던 때. 너와 처음 만났을 때. 누나에게 처음으로 혼났을 때. 기루란 곳을 처음 가봤을 때. 이런저런 생각들."

"……."

이번에는 유화가 입을 꾹 다물었다.

무성은 계속 말을 이어 나갔다.

"하지만 이제 정말 그 모든 것들을 끝내려고 해."

"어떻게 끝낼 건데?"

무성의 눈이 자그마한 귀화를 피어올렸다.

"부술 거야. 전부."

무성은 자신의 어깨를 베게 삼아 쌔근쌔근 잠이 든 유화의 머리를 조심스레 쓰다듬었다.

'미안해. 너까지 휘말리게 해서. 하지만 약속할게. 절대 위험하게 하지 않을 거야. 어떻게든 내가 지켜줄 테니까.'

오랜 친구에게 사과를 전하고 조심스럽게 품에서 책자를 꺼냈다.

묵혈병론.

표지를 조심히 쓰다듬었다.

'그러니 제게 힘을 주세요, 숙부.'

이 책자는 내가 수십 년간 공부한 모든 것을 담고 있다. 하지만 이것은 단순한 병법서 따위가 아니다. 스스로의 눈으로 상황을 읽고, 생각하고, 판단하는 능력을 기르게 하려 한다.

가까이는 병법을, 멀리는 안목을.

그리하여 이것을 깨우치는 날에는, 감히 단언컨대 그대가 생각하는 이상의 능력을 갖게 되리라.

묵혈병론은 분명 묵자의 사상을 담은 병법서다.

하지만 그 안의 내용은 보통 병법서와 전혀 다르게 시작한다.

겸애(兼愛).

가리지 않고 모든 것을 사랑한다.

묵자의 주요 사상은 자연 만물을 아끼는 데에서 출발한다.

사람을 사귀는 데에 있어서 절대 차별을 두지 않는다. 선입견을 가지지 않는다.

본질, 그 자체를 볼 수 있게 만든다.

무성이 복수심에 사로잡혀 단순한 살인귀로 전락해 있을 때. 한유원이 무성을 설득시키고자 했던 것도 모두 그 때문이다.

무성의 본질을 보았기 때문에.

겉으로는 독기와 살의로 무장해 있으나, 속내는 여리고 착한 아이라는 것을 알았기 때문이다.

그래서 한유원은 무성의 살의는 거두되, 독기는 좋은 방향으로 끌어냈다.

잘 빚어진 그릇에다 겸애라는 내용물을 담으려 했다.

분노심에 사로잡히지 않도록.

더 먼 곳을 볼 수 있도록.

차별과 망집(妄執)을 버리고 진리를 꿰뚫어 볼 수 있는 눈을 가질 수 있도록. 혜안(慧眼)을 터득하도록.

병법서는 바로 이런 혜안을 가지는 데서 출발한다.

＊　　　＊　　　＊

묵혈병론은 머리 쓰는 법을 가르친다.

　사람의 뇌란 그야말로 신비의 보고다. 뇌가 얼마
나 많은 정보를 받아들이고 다룰 수 있다 생각하는
가? 기억, 인격, 감각, 생각, 생체 조절 등. 너무나 다
양하고 복잡한 것들을 아무렇지 않게 다루고 조절한
다.

　뇌에는 한계가 없다. 그리 방대한 양을 수용하고
정리하는데도 불구하고 망가지지 않는다. 하지만 사
람들은 이런 뇌의 가능성을 무시하고 산다.

　뇌의 가능성이란, 곧 사람의 가능성.

　과연 얼마나 많은 사람들이 자신의 가능성을 믿고
살아갈까? 혹 스스로 안 된다는 생각에 한계를 긋고
서 편하게만 살려고 하지 않는가?

　그렇다면 그 선을 넘을 수만 있다면?

한유원이 말하는 선.

아마도 그것이 범인(凡人)과 천재(天才)의 차이를 가르는

기준일 것이다.

하지만 무성은 '선'이라는 것이 어떤 건지 감이 잡히질
않았다.

그걸 알 수 있다면 세상 모든 사람들이 천재가 되었을
테지. 비범한 인재가 되었을 거다.

　선을 넘는 법은 딴 것이 없다. 계속 생각하고, 고
찰하고, 판단한다. 그리고 노력한다. 사고(私考)의
반복인 것이다.
　그렇다고 해서 무작정 도전해서는 안 된다. 단순
한 반복보다는 효율적인 방법이 필요하다.
　머리로 그림을 그려라.

'그림을 그린다.'
무성은 작게 중얼거려 보았다.

　먼저 상(想)을 떠올려라. 그것이 어떤 것이든 좋
다. 네가 들고 있는 책자라도 좋고, 사랑하는 사람이
라도 좋으며, 가장 아끼는 물건이라도 좋다.
　명확하게 떠올리지 않아도 된다. 어렴풋한 형상이
라도 좋다. 윤곽이라도 좋다. 그저 떠올려라.

무성은 가만히 눈을 감았다.

머릿속으로 누군가를 떠올린다.

'숙부님.'

한유원이 그를 보며 웃고 있었다.

그다음에는 형(形)을 그려라. 떠오른 상을 간단하게 풀어 보아라. 우선 상이 가진 특징을 잡아라. 상이 가진 성격, 특이점, 윤곽. 아무것이라도 좋다.

특징을 잡았으면 점으로 찍어라. 그리고 이어라. 직선, 곡선, 입체. 아무것이라도 좋으니 단순화시켜라. 그것이 바로 그림이다.

무성은 눈살을 살짝 찌푸렸다.

말과 달리 쉽지가 않았다.

대체 어떻게 사람을 점으로 찍으란 것일까?

그저 눈만 감아도 숙부의 얼굴이 너무나 선명하게 잘 떠오르는데. 어떻게 단순화시키라는 것일까?

그러다 무성은 뒤늦게 한 가지 단어를 떠올렸다.

특징.

숙부님의 특징이 무엇이었더라?

'자상하셨지. 늘 따스한 눈빛을 하셨고. 하지만 뭔가 잘 못되었다 싶으면 단호하게 혼내셨어. 그 후에는 올바른 길을 갈 수 있도록 자상하게 타이르셨고.'

한 가지를 떠오르니 생각은 봇물처럼 터져 나온다.

'머리는 기셨지. 수염은 늘 정돈을 하셨고. 언제나 깔끔하셨어. 제대로 씻기도 힘들지만, 선비는 늘 몸가짐을 바로 해야 한다 하시면서.'

특징이 저절로 점으로 찍힌다.

그것을 잇는다. 끝내 그림이 되었다.

그림을 그렸나? 그 후에는 그것을 가만히 들여다보아라. 형은 단순화된 특징. 하지만 그것을 더 단순화시킬 수 있을 것이다.

이제는 줄이고, 줄이고, 또 줄여라. 힘들어도 머리를 써라. 수십수백 개의 선을 하나의 선으로 규합해보아라. 방식은 아무래도 좋다. 가장 익숙한 방식으로 접근해라. 자꾸 두들기다 보면 열릴 것이다.

그 중심에 있는 '무언가'를 찾아라.

무성은 접근이 쉬울 방식을 떠올려 보았다.

'내게 가장 익숙한 것? 이법. 공능. 영통결? 감각! 그

래, 감각이라면!'

무성은 도효와 이법을 겸비하면서 감각을 극대화시키는 법을 터득했다. 감각 자체만 따진다면 충분히 다른 귀병들을 능가할 정도다.

이때의 감각은 오감을 넘어 육감을 모두 의미한다.

무성은 숨을 삼키며 기운을 운용했다.

우──웅!

곤호진기가 맹렬하게 회전을 시작하면서 감각이란 감각은 모두 깨웠다. 공능이 살아났다.

보력결이 곤호진기를 지탱한다. 청심결이 머리를 맑게 깨우며 명안결이 눈에 힘을 불어넣는다. 영통결이 몸 안을 비춘다.

관조.

육체를 들여다보고, 스스로를 들여다보고, 뇌리를 들여다보았다.

무성이 잡았던 형이 관조 속에 새겨진다.

마치 칼로 새기듯이. 단단히.

선 하나하나를 정성들여 새기면서 필요 없는 부분은 하나둘씩 버린다. 절대 아끼지 않았다.

그러다 보니 몇 가닥의 선만이 남았다.

무성에게도 아주 익숙한 것이다.

'결(缺). 결만이 남을 줄이야. 어떻게 이런 일이?'

신속을 극한으로 끌어올리면 새로운 세상이 열린다.

이때에 눈에는 본래 세상에서 절대 보지 못하는 일그러진 선이 있다. 사물을 구성하는 선 중에서 약점이라 할 만한 것이다.

그것을 긋는 순간 사물은 형체를 구분하지 못하고 붕괴한다.

'신속은 몸을 극한으로 몰아넣어 한계를 뛰어넘게 만들어. 새로운 세계를 열고. 결을 보이게 만들어!'

무성은 무언가 깨우치는 것이 있었다.

'묵혈병론은 뇌를 움직여 가능성을 활짝 연다. 한계를 극복하고 새로운 세상을 보게 한다. 사람이 보는 세계, 그 너머에 있는 세계를!'

쾅!

머릿속으로 벼락이 내리치는 것 같았다.

신속과 묵혈병론.

전혀 다른 두 가지의 접근 방법이 하나로 규합된다.

이걸 단순한 우연이라 할 수 있을까?

만류귀종(萬流歸宗)일지도 모른다. 숙부님이 그를 위해 새로운 접근 방식을 개발한 것일지도 모른다.

하지만 확실한 것은 단 하나.

'신속을 사용하지 않아도, 생명력을 소모하지 않아도 결을 볼 수 있어! 이법의 다른 공능을 깨울 수 있는 방법을 찾았어!'

　무성은 뜻하지 않은 곳에서 찾은 기연에 몸을 부르르 떨고 말았다.

　묵혈병론은 계속해서 이어진다.

　　그것이 바로 이(理), 사물을 규정하는 중심이다.
　　나는 이것을 일컬어 묵혈관법(墨血觀法)이라 한
　다.

　무성은 눈을 번쩍 떴다.

　'묵혈관법!'

　몸을 부르르 떨었다.

　"무성? 왜 그래?"

　그때 무성의 어깨에 기대에 잠들어 있던 유화가 이상한 낌새를 눈치채고 일어났다.

　무성은 말없이 고개를 떨궜다.

　뚝! 뚝!

　볼을 타고 눈물이 흘러내렸다.

묵혈관법은 세상을 보는 방식이다. 이를 바탕으로 만물의 본질을 직시하려는 노력을 부단히 한다면, 장담컨대 지금과는 전혀 비교도 할 수 없는 새로운 세상을 접하게 될 것이다.

생각은 심유해지고, 이성은 잣대를 벗어나는 길이 없으며, 오성은 비등해져 많은 것들을 담고도 절대 넘치지 않게 되리니.

그러니 조카야, 이것이 조금이나마 네가 성장하는 데 도움이 될 수 있길 바란다.

"숙부님……!"

무성은 기어코 참았던 눈물을 터뜨리고 말았다.

유화는 가만히 그런 그를 안아주었다.

묵묵히. 말없이.

＊　　　＊　　　＊

사흘이 지났다.

배는 동정호를 벗어나 장강으로 접어들었다.

딩, 딩!

유화는 매끄러운 손길로 금을 튕기다 말고, 방효거사의

고함 소리에 화들짝 놀라고 말았다.

"아니지! 그게 아니지!"

방효거사는 자신의 무릎 위에 올린 금을 뜯었다.

"이 부분은 이렇게 해야 하는 것이야!"

현과는 전혀 어울리지 않는 두툼한 손이 빠르게 움직인다.

"마치 계집의 가슴을 희롱하듯이 부드럽게 쓰다듬어야 하는 것이야. 그렇게 거칠게 다뤄서야 어느 계집이 옆에 있겠나! 아, 너는 사내라고 정정해야겠군!"

"예, 예!"

유화는 방효거사가 입에 담는 음담 따윈 귀에도 들어오지 않는 눈치였다.

그저 방효거사의 가르침을 좇기에 바빴다.

다시 기다란 손가락이 현을 튕긴다. 이전보다는 훨씬 부드럽고 맑다.

그래도 뭔가가 부족했다. 뭔가가.

"그만!"

"예……."

유화는 짙은 한숨을 내쉬며 고개를 떨어뜨렸다. 오늘도 가르침을 제대로 받지 못했다.

'왜 나는 이렇게 한심스러운 걸까?'

방효거사가 엄숙한 표정으로 말했다.

"그렇게 걱정되느냐? 진무성이란 놈이?"

"그, 그건……!"

"자고로 음이란 그 사람의 마음을 비추는 거울이다. 네 년의 마음이 걱정과 근심으로 가득한데 어떻게 음이 맑을 수 있을까?"

"……."

유화는 입을 꾹 다물고서 고개를 떨어뜨렸다.

방효거사는 혀를 가볍게 찼다.

"저렇게 무뚝뚝하고 제 할 일만 하는 놈이 뭐가 좋다고."

한쪽 구석에 무성이 가만히 서 있었다.

하지만 자세히 보면 눈을 감고 있다.

서 있는데도 불구하고 흐트러지지 않는다. 숨결은 고르다. 잠들어 있다면 잠꼬대라도 할 것인데 미동도 않는다. 마치 무성만 시간이 정지한 것 같았다.

명상이다.

홀로 삼매경(三昧境)에 빠져 무언가를 좇는 것이다.

"사흘 내내 저렇지? 잠도 안 자고 밥도 안 먹고. 간혹 우리가 자리를 옮길 때만 귀신 같이 알아채서는 따라오고. 정말 저런 놈이 좋으냐?"

유화가 얼굴을 붉히며 말없이 고개를 끄덕였다.

방효거사는 마음에 들지 않는다는 듯이 고개를 절레절레 흔들었다.

"하긴 진아, 그 아이도 뭔가에 빠지면 답도 없었지. 그 때문에 내가 혹했던 것이지만."

진. 무성의 누이를 거론한다.

유화가 조심스레 입을 열었다.

"거사께서는 무성에게……."

"왜 진아에 대해서 자세히 말하지 않느냐고?"

유화가 고개를 끄덕였다.

방효거사가 피식 웃었다.

"그냥!"

"그냥이시라니."

"진아는 내가 제자처럼 아끼던 아이다. 한데, 나는 삼 년 넘게 그 아이에게 어떤 우환이 닥쳤는지 전혀 모르고 있었어. 무성, 저 아이가 누이를 위해 그런 고생을 할 때도 손 한 번 써 주지 못했지."

"……."

"그런 내가 어찌 진아를 입에 담을 수 있을까? 그럴 자격 따윈 내게 없다. 동업자. 무성과 나는 그 정도면 되는 게야."

방효거사는 무성의 사연을 들으면서 자신이 아끼던 아이와의 관계에 대해 알게 되었다.

아마 무성을 처음 보자마자 정감이 갔던 것도 모두 그 때문일 것이다.

유화는 방효거사가 너무나 슬퍼 보인다고 생각했다.

'진 언니를 잃고, 딸까지 빼앗긴 불쌍하신 분······.'

저 두툼한 체구가 오늘따라 왜 이리 무거워 보이는 걸까.

그때였다.

"회주! 큰일입니다!"

최궁이 문을 열며 헐레벌떡 뛰어들어 왔다.

"내 분명히 금을 타는 시간에는 아무도 들어오지 말라 일렀을 텐데?"

"그, 그것이······!"

최궁은 숨을 헐떡이며 말을 제대로 잇지 못했다. 하지만 손가락으로 밖을 가리키며 인상을 찡그리는 것이 정말 급한 일이 터진 듯했다.

"너는 예서 잠시만 기다리고 있어라."

방효거사는 유화를 놔두고 방을 나섰다. 최궁도 문을 닫고 급히 뒤따라 사라졌다.

유화는 금을 손가락으로 매만지며 한숨을 가볍게 내쉬

다가 입을 열었다.

"들었지?"

무성이 조용히 눈을 떴다. 그의 눈동자는 사흘 전과 달리 매우 심유해졌다.

"하나만 물어도 될까?"

대답이 들리지 않았지만, 유화는 질문을 던졌다.

"진 언니와 거사께서 가까운 사이셨다는 거, 알고 있었어?"

"……."

무성은 아무 말이 없었다.

"알고 있었구나."

무성은 여전히 아무 말이 없었다.

적막이 내려앉았다.

"말씀 중에 죄송합니다!"

그때 갑자기 선원 한 명이 다시 방으로 들어왔다.

무성이 고개를 돌렸다.

"무슨 일이십니까?"

"거사 님께서 급히 찾으십니다."

무성은 잠시 유화와 눈빛을 나눴다.

유화가 가라는 듯이 고개를 끄덕였다. 하지만 그녀는 어딘가 슬퍼보였다.

무성이 앞으로 나섰다.

"어디로 가면 됩니까?"

*   *   *

무성은 선두(船頭)로 갔다.

이상하게도 사람이 많이 모여 있었다.

"잠은 충분히 주무셨는가?"

방효거사의 물음에 무성은 고개를 끄덕였다.

"개운합니다."

"그럼 이제 밥값 좀 해야겠지?"

방효거사는 턱짓으로 선두 쪽을 가리켰다.

다섯 척의 배들이 이곳으로 몰려오고 있었다.

그 위로 나부끼는 깃발은 이 근방에서 제일가는 수적 세력, 동정채(洞庭寨)를 상징하는 것이었다.

'시험해 볼까?'

무성은 엄지로 입술 주변을 매만졌다.

'숙부님의 가르침을.'

第九章

무신의 오른팔

  일반 수적이라면 쓸데없이 다투기보다는 적당히 통행료 명목으로 몇 푼을 쥐어 주고 보내는 것이 좋다.

  하지만 동정채는 다르다. 그들은 악질적이다.

  통행료는커녕 나포한 배의 선원과 인질들을 노예로 팔아넘기고, 실려 있던 물건들을 모두 노획한다.

  때문에 이따금 협사들이나 군부에서 그들을 소탕하고자 애썼다.

  하지만 동정채는 그때마다 귀신같이 알아차리고 숨어버리기 일쑤라 잡기가 쉽지 않았다.

  그런데 이번에 어떻게 장사상회의 배가 지나간다는 것

을 알고 접근을 하려 한다.

이 배에는 중요한 물자가 산적해 있다.

특히 비단, 은원보, 인삼 따위의 비싼 물건들이다.

방효거사가 자신의 재산을 모두 털어 강동의 주요 물품을 깡그리 증발하다시피 해서 사들인 것.

만약 이것을 잃어버리면 장사상회는 파산한다.

그런데 이런 중요한 일에 방효거사는 이름 모를 무사를 쓰려 한다.

최궁이 반발할 수밖에 없었다.

"회주님, 그게 무슨 말씀이십니까? 기녀의 호위나 서는 자가 무슨 힘이 있다고!"

무성은 말없이 최궁과 방효거사를 번갈아 보았다.

방효거사에게 의견을 구하는 것이었지만, 최궁은 그것을 동의로 받아들였다.

방효거사는 어쩔 수 없다는 듯 혀를 찼다.

"그럼 최 총관, 좋은 방도라도 있나?"

"이번에 낭인막(浪人幕)과 계약을 하며 천검단(天劍團)이라는 자들과 계약하지 않았습니까? 그들을 사용하시면 될 듯합니다."

"그럼 그렇게 하게."

"예!"

최궁은 반색하며 무성을 가볍게 노려보고는 시립해 있던 천검단주를 불렀다.

"단주, 잘 부탁하네."

수염이 자글자글한 낭인은 고개를 끄덕였다.

"맡겨만 주십시오. 저깟 수적쯤은 식후 간식거리에 지나지 않지요. 작은 배나 하나 내주십시오."

천검단은 단주의 명령과 함께 거친 함성을 내지르며 나섰다.

그 숫자만 물경 일백.

기세만 따진다면 수적 떼쯤은 쉽게 무찌를 듯 보였다.

떠들썩한 소란과 함께 소선을 타고 동정채를 향해 달려간다. 선원들은 낭인들의 승리를 기원했다.

무성은 담담하게 그 모습을 지켜보았다.

"어떨 것 같나? 결과는?"

방효거사가 불쑥 묻는다.

"알면서 왜 물으십니까?"

"그야 자네의 의견을 듣고 싶어서지."

무성은 길게 한숨을 내쉬었다.

"일 초. 단숨에 당할 겁니다."

천검단을 실은 소선은 동정채의 다섯 선박 앞에 섰다.

사실 소선이라 해도 절대 작지 않다. 본선이 너무 크기에 상대적으로 작아 소선이라 했을 뿐, 실제로는 동정채의 배들과 비교해도 뒤지지 않았다.

단주가 선두에 서서 크게 호기롭게 소리쳤다.

"우리는 장사상회의 호위, 천검단이다! 지금이라도 물러난다면 죄를 묻지 않……!"

하지만 단주는 말을 하다 말고 경악하고 말았다.

드르륵!

동정채의 선박 선두에 문이 열리더니 포구가 수줍게 고개를 내밀었다.

포구가 무저갱처럼 시커멨다.

"저, 저, 저 미친……!"

희희낙락하던 최궁의 안색이 새파랗게 질렸다.

화포라니!

화약은 나라에서 금기시 하는 물건들이다.

만약 이를 사사로이 사용하다 적발되었을 경우, 역모에 해당하는 중죄가 주어진다.

제아무리 날고 기는 고수라 할지라도 동정호의 가장 깊은 물 바닥에 가라앉고 나면 답도 없다.

방효거사는 자신이 비싼 값을 주고 고용한 낭인들이 모

조리 물귀신이 될 위험에 잠겼는데도 불구하고 대수롭지
않게 중얼거렸다.

"그러고 보니 근래 군부에서 동정채를 소탕하기 위해
군선을 내보냈다가 도리어 나포되었다지? 아무래도 그 배
인가 보군. 푸하하하! 미친놈들일세!"

"회, 회주!"

최궁은 마치 다른 나라 일처럼 뻔하게 보는 방효거사를
이해할 수 없었다.

방효거사는 그가 그러건 말건 여전히 여유로운 태도로
무성을 돌아보았다.

"죄 없는 사람들이 위험에 잠겼다네. 어찌할 텐가?"

"하아!"

무성은 길게 한숨을 내쉬며 선두 쪽으로 천천히 걸음을
옮겼다.

"잠시 검을 빌리겠습니다."

무성은 최궁의 허락도 받지 않고 허리춤에 걸려 있던 검
을 뽑아갔다.

스르릉!

시푸른 날이 빛을 발한다.

"그, 그대 혼자서 무, 뭘 하려고!"

최궁의 눈에는 무성이 자살 시도를 하는 것으로밖에 비

치지 않았다.

"자네는 얼마나 걸리겠나?"

방효거사만이 태연한 얼굴로 물었다.

무성이 담담하게 답했다.

"일 초면 충분합니다."

무성은 검을 아래로 내려뜨렸다.

'명성도 어느 정도 필요했으니까.'

무성은 무신련으로 들어서려 한다.

하지만 무신련은 규모만큼이나 접근이 절대 호락호락하지 않다.

북궁민이 마련한 암로를 이용한 잠입도 어느 정도의 접근이 있어야 가능하지, 아무런 신분도 없어서는 아예 출입이 허락되지 않을 수 있다.

하물며 무신련의 가장 깊은 심장부, 무신궁으로 가려 함에야.

그래서 방효거사의 도움이 필요했고, 더불어 자신을 상징할 만한 자그마한 무명(武名)이 필요했다.

'가볍게!'

무성은 생각을 끝마치자마자 선두를 가볍게 박찼다.

쉭!

그의 몸이 허공을 가로질렀다.

천검단주는 이쪽으로 겨누어진 포구를 보고 대경실색했다.

"배, 배를 뒤로 무, 물려라!"

하지만 뱃머리를 앞으로 돌린다 해도 빠른 이동은 불가능하다.

결국 그사이 포구가 불을 뿜었다.

쾅!

고막이 떨어져 나갈 것 같은 엄청난 굉음과 함께 사람 머리통만 한 포탄이 이곳으로 날아왔다.

부딪치는 순간, 배는 침몰하고 만다!

"어, 어, 어……!"

"안 돼!"

천검단 낭인들이 일제히 비명을 질렀다.

그 순간, 그들은 보았다.

스걱!

하늘을 가로지르는 섬광 한 자락을.

마치 공간이 단면을 따라 미끄러진다 싶더니 포탄이 날아오다 말고 반으로 쪼개지고 있었다.

"저, 저, 저, 저게 무슨……!"

동정채의 부채주, 악산(岳刪)은 경악하고 말았다.

낭인 놈들을 태운 배를 모조리 수장시키고 나면 장사상회의 보물은 모두 자신들의 것이라 생각했다.

그런데 갑자기 포탄이 허공에서 절반으로 툭 잘리더니 힘없이 수면으로 가라앉는 것이 아닌가!

포탄을 잘라 버린 괴인(怪人)은 허공에서 잘린 포탄을 딛고 허공으로 높이 도약, 포물선을 그리면서 천천히 아래로 떨어졌다.

바로 이곳, 악산이 있는 배로.

"마, 마, 막아라!"

화포가 포구를 위로 들어 올리며 연거푸 불을 뿜었다.

펑! 펑! 펑!

마구잡이로 쏘아지는 포탄.

무성은 인상을 찡그렸다.

"어쩔 수 없나?"

제대로 표적을 잡고 쏜 것이 아니니 정확도는 떨어진다. 그냥 가볍게 피할 수도 있었다.

하지만 내버려 둘 경우, 자칫 눈 먼 포탄에 뒤쪽에 있는 천검단을 실은 소선이 당할 수 있었다. 만약 더 멀리 날아가 본선이라도 일부 격추되면 머리가 아팠다.

더군다나 자신이 직접 나선 이유는 사람들을 구하기 위해서가 아니었던가.

무성은 검을 잇달아 뿌렸다.

쉬시식!

효성서광. 시푸른 별빛을 닮은 검풍이 공간을 격하며 날아든다.

콰콰쾅!

포탄은 검풍에 격추되자마자 일제히 폭발했다.

사방으로 불꽃을 휘날리는 모습이 마치 수십 개의 폭죽을 한꺼번에 터뜨린 것처럼 화려하다.

무성은 허공에서 포탄의 파편을 몇 차례 가볍게 밟으며 앞으로 쭉쭉 전진해 끝내 가장 선두에 있던 배에 도착했다.

쾅!

천근추의 수법으로 발에 힘을 담아 착지하자, 배가 앞으로 기울어졌다. 거의 직각 수준으로 꺾이면서 뒤쪽이 크게 들썩였다.

덕분에 승선하고 있던 수적들은 균형을 잃고 모조리 배 밖으로 튕겨 나고 말았다.

출—렁!

후미가 다시 수면에 부딪치면서 거센 해일이 일어난다. 새하얀 포말이 눈송이처럼 떨어지고, 사방으로 그어진 파문이 거친 파도를 만들어 낸다.

가까스로 갑판이나 돛 따위를 잡아 떨어지지 않았던 수적들은 경악 어린 눈빛으로 무성을 쳐다보았다.

허공에서 포탄을 연거푸 베어 버린 것으로도 모자라, 단순히 짓밟은 것만으로 배를 기울이다니!

하지만 무성은 거기서 그칠 생각이 없었다.

슥!

발을 앞으로 성큼 내딛는다.

갑판이 부서질 만큼 거칠게 파이며 막중한 힘이 검에 실렸다.

무성은 검을 하늘에서 땅으로 세게 내리쳤다.

콰쾅!

검이 시푸른 빛깔을 토한다 싶더니 세상을 그어 버리고, 배의 허리도 통째로 그어 버렸다.

"도, 도망쳐라!"

"배가 침몰한다!"

허리가 부러진 배는 양쪽 끝이 위로 올라가 접혀 버린 채로 동정호 바닥을 향해 침몰하기 시작했다.

수적들은 저마다 나 살려라 외치며 배 밖으로 몸을 던졌다. 몇몇은 구명정을 잡거나, 잘려 나간 배의 파편 따위에 의지한 채 겨우겨우 목숨을 구했다.

무성은 검으로 갑판 일부를 잘라내어 파편을 허공에다 던졌다.

쉭!

이 배에 올랐을 때처럼 파편들을 허공에서 징검다리 삼아 다음 배로 건너 탔다.

"마, 막으란 말이다!"

무성을 잡고자 발버둥 쳤지만, 신출귀몰한 무성의 움직임을 잡을 수는 없었다.

수적들에게 재앙이 닥쳤다.

"저, 저, 저……! 저게 대체……!"

최궁은 입을 쩍 벌리고 말았다.

마치 귀신처럼 허공을 아무렇게나 날아다니질 않나, 배에 착지할 때마다 배가 휘청거리질 않나, 검을 한 번 쓱 휘두르니 반으로 접힌 채 침몰하지를 않나.

눈 깜짝 할 사이에 네 개째의 배가 수장되고 있었다.

동정호의 물결은 거센 파도로 출렁거린다. 그들이 타고 있는 배도 크게 들썩였다.

하지만 선원들 중 누구도 거기에 대해 불만을 가지지 않았다.

그저 넋을 잃은 채로 바라보기만 할 뿐.

말로만 듣던 강호 고수의 위용이다.

아니, 과연 고수라 해도 저런 실력이 가능할까?

한 성(省)에서도 오십 명 남짓밖에 안 된다는 절정고수도 해내기 힘든 실력일 것이다.

"푸하하하하! 그놈 참, 보면 볼수록 물건일세. 사람을 대할 때는 진심으로 대하지만, 맺고 끊을 때는 확실히 한다 이건가?"

방효거사는 당연히 그럴 줄 알았다는 듯이 씩 웃었다.

"무신련에서도 꽤 재미나겠는걸."

한편, 유화만은 무성의 위용을 차마 보지 못했다. 안절부절못한 채 손을 꼭 끌어 모으며 기도했다.

무성이 다치지 않고 무사히 돌아올 수 있도록.

쾅!

무성은 다섯 번째 배 위에 착지했다.

"이게 마지막인가?"

허공 위를 계속 뛰어다녔지만 물을 얼마나 많이 마셨는지 눈가가 찝찝했다.

빨리 끝내고 돌아가야겠다는 생각에 주변을 둘러본다.

수적들은 무성을 피해 후미에 죄다 밀려 있었다.

가장 뒤편에 몸을 잔뜩 웅크린 채로 숨어 있는 자가 보였다.

은연중에 느껴지는 기파로 보건대, 그가 아마 동정채의 주인, 동정어옹(洞庭漁翁) 벽개(壁改)일 것이다.

"주인 된 입장으로서 수하들을 보호해 주지는 못할망정 도리어 제 안위만 돌보려 하다니."

무성은 싸늘한 혼잣말과 함께 몸을 날렸다.

파파파파!

갑판 위로 매서운 칼바람이 불며 피가 튀었다.

*　　　*　　　*

소선은 무성을 태우고 다시 본선으로 돌아왔다.

천검단의 낭인들은 모두 무성을 경의 어린 눈으로 보았다. 마치 하늘에서 내린 구세주를 만난 것처럼 경탄을 금치 않았다.

무성은 사람들의 눈빛에 쓴웃음을 지었다.

'이래서 나서기 싫었던 건데.'

사람들의 경의 어린 눈초리는 본선에 오를 때까지 계속 이어졌다.

방효거사가 빙긋 웃으며 맞았다.

"제법 하는구만."

"밥값은 해야 하니까요. 충분합니까?"

"아직 멀었어."

무성도 피식 웃고 말았다.

"한데, 제가 실력이 없었다면 어쩌려 하셨습니까?"

"설마 내가 그런 걸 분간할 눈도 없으리라 생각한 건 아니겠지?"

방효거사는 매우 오만했다.

자신의 눈을 굳게 신뢰하는 태도. 한 치의 의심도 없어 보였다.

"그래도 만약이란 게 있지 않습니까?"

"물론 똑똑한 상인은 한 가지 패만 고수하지 않는 법이지. 사실 자네가 나서지 않아도 별 상관없었다네. 도와줄 곳은 세상 천지에 넘치거든."

"……?"

무성이 반문하려는 그때였다.

갑자기 방효거사가 눈을 가느다랗게 좁히며 수평선 너머를 바라보았다.

"때마침 오는군. 하하하! 호랑이도 제 말하면 온다더니 저놈도 아마 양반은 못 될 상인가 보구만."

말투는 아주 친근하다.

하지만 무성은 눈빛 너머로 숨겨진 살의를 읽었다.

고개를 수평선 쪽으로 돌리니 때마침 다른 배 하나가 이곳으로 다가오고 있었다.

돛에 내걸려 바람에 나부끼는 깃발을 본 순간, 무성의 눈도 커졌다. 더불어 귀화가 타올랐다.

머릿속으로 서찰에 적힌 간독의 다른 말이 떠올랐다.

　　방효거사에게는 절실한 지기가 하나 있지. 한데, 그
　지기 때문에 딸을 무신에게 빼앗겨 버렸어. 지기가 바
　로 무신의 충실한 신하거든.

눈에 박힌 두 글자.

깃발에 적힌 '선(扇)'과 '기(機)'라는 글자가 커진다.

　　방효거사와 그 지기가 세우는 대립각을 이용한다면
　쉽게 무신련으로 스며들 수 있을 거다. 신분을 숨기는
　것이니 적당한 무명을 세우는 것도 좋을 테지.

　　키키킥! 근데 그 지기가 누군지 아나?

　　너도 들어 봤을 거다. 무신의 마지막 남은 충신이자,
　한가 놈과 쌍벽을 이룰 만한 모략꾼. 무신련의 책사.

강북의 지낭.

배가 서서히 다가오며 선두에 선 사내가 보인다.

옛 삼국시대에나 쓸 법한 길게 내린 머리와 학창의, 살랑살랑 흔드는 쥘부채.

제갈선가의 가주. 신기병략의 주인.

"신기수사……!"

무성이 작게 중얼거리는 가운데, 방효거사가 앞으로 튀어 나가며 분노를 터뜨렸다.

"왔구나! 제갈문경(諸葛文竸)!"

*　　*　　*

배가 점차 다가온다.

간독의 목소리가 어디선가 들려오는 듯했다.

"강남의 협사, 방효거사와 강북의 책사, 제갈문경. 각 분야에서 유명한 자들이지. 두 사람은 아주 크게 부딪칠 거다. 강호가 떠들썩해지도록. 당연히 그 여파는

무신련으로 이어진다. 네가 그 속에 묻힐 수 있다면 조
용히 무신련의 심장부까지 당도할 수 있겠지. 어떠냐?
그럴 듯한 작전이지 않나?"

"확실히 간독, 너의 계략은 괜찮았어."

"키키킥! 한가 놈을 좀 따라해 봤지."

"이건 숙부님도 인정해 주실 거야."

"어때? 이제 나를 은인으로 모실 생각이 좀 들었나?"

"말했잖아? 그럴 일은 절대 없을 거라고."

"시건방진 새끼! 대가리 좀 굵었다고!"

무성은 간독과 헤어지기 전에 했던 말이 떠올랐다.

두 눈이 귀화로 타올랐다.

'간독은 여기까지 판을 짜주었어. 이제부터는 오로지
나 혼자서 해내야만 하는 싸움이야.'

이를 악물었다.

'제갈문경을 이용해 무신련으로 스며든다.'

배는 어느덧 바로 앞까지 당도했다.

제갈문경이 쥘부채를 높이 들자 배가 멈췄다.

쏴아아! 쏴아아!

여전히 동정호의 수면은 방금 전 격투로 인한 파도가 거

셌다.

양측 배도 크게 출렁였다. 서로 닿을 듯 아슬아슬하게 스치면서도 절대 닿지 않는다.

하지만 뱃머리에서 뛰면 건너편에 닿을 수 있을 만큼 가까운 거리.

제갈문경은 삼국지연의에 나올 제갈무후를 연상케 하는 탐스러운 수염을 한 손으로 쓰다듬었다.

뒤에 시립한 무사들에게서는 무시무시한 위세가 풍겼다.

천검단의 낭인들 따위는 가볍게 짓누르는 기세.

제갈선가가 자랑하는 와룡무객(臥龍武客)이다.

"반갑네그려, 친구. 삼 년 만인가?"

제갈문경은 자신을 노려보는 방효거사를 보며 반갑게 인사했다.

방효거사는 묵묵부답이었다.

그런데도 제갈문경은 할 말이 많은 듯했다.

"자네는 무공도 익히지 않았으면서 예나 지금이나 달라진 점이 없구만. 무슨 좋은 방책이라도 있으면 가르쳐 주시게나."

"닥쳐!"

"오랜 해후치고는 좀 과격한 것 아닌가? 이 친구, 너무

섭섭하네."

흔히 강호인들은 제갈선가의 특징을 말할 때 '과묵하다'고 한다.

서로 패권을 두고 으르렁거리는 다른 사대 가문과 다르게 제갈선가는 늘 홀로 조용하다. 언제나 세상사에 한 발자국 떨어져서 가만히 지켜보기만 한다.

그래서 제갈선가는 과묵하고, 은둔적이고, 조용하다는 생각이 강호인들의 뇌리에 박혔다.

더불어 야망 넘치는 다른 가문들과 다르게 진정한 무신의 충신이라며 입을 모아 칭송했다.

그런데 진짜 말로만 듣던 제갈선가의 가주를 보게 되니 생각했던 것과는 전혀 달랐다.

'아니면 거사와 다르게 그만큼 여유롭다는 뜻이거나. 아마도 후자겠지.'

무성은 가만히 두 사람의 기세 싸움을 지켜보았다.

"딸아이는? 그 아이는 어디에 있지?"

"그야 당연히 낙양에 있지."

"……"

방효거사는 잔뜩 이를 갈며 제갈문경을 노려보았다.

'평소의 거사답지 않아.'

방효거사는 늘 여유롭다.

여유롭기에 머나먼 몇 수를 내다보고 정국을 객관적으로 판단할 수 있다. 예인의 몸으로 거상이 되고, 협사가 될 수 있었던 것도 모두 그 덕분이다.

딸을 찾아야 하는 여정에서 굳이 천화루를 들른 것도 모두 그 연장선이다.

자신의 위기를 세상 사람들에게 알리고 싶지 않아서.

설사 알려진다 하더라도 자신은 기루를 잠깐 들릴 수 있을 정도로, 금을 타는 여인을 곁에 두려 할 정도로 건재하다는 것을 말해 주기 위해서다.

하지만 반대로 보자면, 방효거사는 늘 한편으로는 여유롭지 못했다.

오랜 시간 동안 금을 잡지 않은 것은 그만큼 여유가 부족하다는 뜻이고, 제갈문경의 부름에 곧장 강동에서 동정호로 온 것도 모두 그 때문이다.

'아마 낙양으로 가는 길에 긴 협상을 하겠지.'

방효거사는 스스로 다른 동정호를 만들 수 있다고 호언장담할 정도로 많은 재력을 가진 거부다.

어쩌면 천하를 사고도 남을 만큼 많을지도 모른다.

반면에 무신련은 언제나 자금난에 허덕인다.

강북이란 광활한 영토를 다스린다는 것은 절대 쉬운 일이 아니다. 하물며 생산성 없이 늘 소모만 일삼는 무력 단

체임에야.

제갈문경은 책사임과 동시에 무신련의 백년대계를 책임
지는 문상(文相)이기도 하다.

결론적으로 방효거사의 딸을 데려온 것은 무신의 뜻이
아닌 그의 뜻일 터.

'언제나 뒤에 물러서서 관망만 하던 그가 전면에 나서
서 협잡을 부려야 할 정도로, 오랜 지기를 배신해야 할 정
도로 무신련의 현재 상태가 좋지 않다는 뜻이겠지.'

무신은 통치에 전혀 무관심하다.

사대 가문은 무신련에 대한 충정보다 자신들의 권력만
을 추구한다.

차기 대권을 노리는 후계자들은 서로 노려본다.

밑에 있는 세력들은 각 파벌에 따라 물고 물리는 관계를
형성한다.

단합은커녕 분열의 조짐만 보이는 상태다.

무신련이 그나마 돌아갈 수 있는 것도 무신이라는 희대
의 영웅과 신기수사라는 걸출한 모사가 있기에 겨우 형체
라도 유지할 수 있을 뿐.

하지만 속내는 언제 터질지 모르는 폭탄과 같다.

수없이 많은 균열로 가득하다. 겨우겨우 끈으로 봉합만
해 둔 상태다.

그런데 여기다 칼을 들이댄다면?

봉합해 둔 끈을 끊어 버린다면?

'무신련은 터져 버리고 만다. 그리고 주익도 백일하에 드러나겠지.'

무성은 그 칼이 될 심산이었다.

그리고 제갈문경은 무신련을 봉합할 끈을 얻기 위해 방효거사를 끌어왔다.

자금이라는 끈을 위해.

무성은 입술을 작게 달싹였다.

『거사! 딸을 찾으시려면 냉정을 잃으시면 안 됩니다!』

"……!"

방효거사는 번뜩 허리를 쭈뼛 세웠다.

'내가 여태 무얼 하고 있었던가! 협상을 하기 전에 감정부터 앞세우다니!'

분노로 이글거리던 눈빛이 잠잠해진다.

'꼬마야, 역시나 너는 한 냥의 가치를 갖고 있구나.'

방효거사는 무성에게 감사의 뜻을 전하며 잔혹하게 웃었다.

분노가 지난 자리를 대신 채운 것은 탐심이었다.

상인으로서의 본능이 살아났다.

저들이 딸이라는 중요한 것을 갖고 있다 하나, 그 역시 그에 못지않은 패를 갖고 있다.

협상은 지금부터였다.

"내게 원하는 것이 무엇이냐? 땅? 명성? 돈? 내 음이라도 달라는 건 아니겠지?"

입술 끝이 비틀어졌다.

"……."

제갈문경은 친구의 변화를 눈치채고 살짝 눈살을 찌푸렸다.

눈빛이 달라졌다.

상인의 눈.

결코 그가 원했던 눈이 아니다.

자고로 협상이란, 유리한 고점에서 상대를 찍어 누르며 원하는 것을 갈취해야 한다.

방효거사가 자신의 눈높이까지 올라온 이상, 협상은 난항을 겪을 수밖에 없다.

'딸을 갖고서 협박을 한다 해도 저런 눈을 한 이상 씨알도 먹히지 않을 테고. 때에 따라서는 딸도 내칠 수 있는 인간이 아닌가?'

제갈문경은 방효거사를 잘 알았다.

일대 협사라고는 하나, 이면에는 이익을 위해서 아내도 가차 없이 내버리는 냉혈한의 모습도 숨겨져 있다.

제갈문경은 일을 복잡하게 꼬아 버린 원흉을 노려보며 투덜거렸다.

"이건 반칙이네, 귀병. 바둑을 두려는데 옆에서 훈수를 두는 게 어디 있나?"

"……!"

순간, 무성의 몸이 굳어졌다.

방효거사의 기질이 달라지면서 제갈문경을 짓누르고 있었다.

그런데 한순간 다시 기질이 역전되었다.

본능이 쉴 새 없이 경종을 울려 댔다.

'나를 알고 있다!'

제갈문경은 '바둑'을 언급했다.

자신과 방효거사가 나눴던 대화를 거론한다?

'우리 곁에 첩자가 있었어!'

무성은 순간 검병 쪽으로 손을 가져갔다.

일이 틀어졌다면 재빨리 제갈문경을 베어야 했다.

하지만,

"움직이지 않는 게 좋을 텐데?"

"……!"

무성은 몸을 쭈뼛 세웠다.

등골을 따라 오한이 스쳐 지나간다. 보이지 않는 칼이 등을 겨누고 있었다.

'천검단!'

불과 방금 전까지만 해도 흐리멍덩하기만 하던 낭인, 천검단주가 근처까지 다가와 칼을 등에다 겨누고 있었다.

"귀병도 별것 아니군. 이렇게 쉽게 등을 내주고."

천검단주가 무성의 귀에다 입술을 바짝 붙이며 차갑게 중얼거렸다.

*　　　*　　　*

푸드득!

그 순간, 매 한 마리가 날아올랐다.

*　　　*　　　*

방효거사는 제갈문경을 누르고, 제갈문경은 무성을 누르며, 무성은 방효거사를 돕는다.

세 명이서 서로가 서로를 무는 형국.

동정호 위로 부는 바람은 스산하기만 했다.

잠시간 적막 후, 방효거사가 미간을 찌푸렸다.

"뭐가 어떻게 되는 거지?"

"잠시 자네의 칼을 묶어 둔 것이라네."

"저 아이를 아나?"

"잘 알다마다."

제갈문경은 무성을 보며 차갑게 웃었다.

"이름 진무성. 북궁검가가 탄생시킨 검귀. 하지만 북궁 민을 죽이더니 마뇌 유상까지 처치했지. 덕분에 오랜 시간 공을 들여 이법을 손에 넣으려 했던 이공자 영호휘가 적잖 은 타격을 입어야 했고."

"……!"

무성의 눈꺼풀이 파르르 떨렸다.

"설마하니 내가 자네들의 꿍꿍이를 모를 거라 생각했 나? 귀병가? 맞나? 자네들이 하는 짓을 보니 기도 안 차더 군. 동정호를 이용해 각 세력들을 끄집어내어 혼란스럽게 만든다? 그리고 이때 생긴 균열을 틈타 무신련을 부수고 복수를 이룬다? 너무나 뻔하지 않은가?"

제갈문경은 쥘부채를 살랑살랑 흔들었다.

"그리고 방효와 나에 대한 정보를 그대들이 알게 된 연 유가 무엇이라 생각하나? 의심은 안 해 봤나?"

"설마!"

"애초 자네들을 끄집어내기 위해 내가 흘린 정보지. 자네들은 미끼를 덥석 문 것이고."

"……!"

무성은 입을 꾹 다물었다.

"방효에게 접근하는 것도, 나를 이용하려던 것도 전부 내 머릿속에 들어 있던 것들이었네. 천하의 이 신기수사를 이용하려 들었으면 그것으로는 안 되지."

"……."

"그래도 혹시나 하는 생각에 동정채를 채근하여 접근을 해 보라 한 것이었는데. 아나나 다를까, 생각했던 그대로의 행동을 보이더군."

제갈문경은 혀를 '쯧!' 하고 찼다.

"그래도 마뇌를 처치했다기에 좀 기대를 했었는데. 묵혈이 살아 있었다면 너무 한심하다며 한탄을 했을 게야."

제갈문경은 쥘부채로 자신의 머리를 툭툭 쳤다.

"머리라는 것은 그렇게 쓰는 것이 아니야. 보다 많이 알고, 보다 많이 생각해야지. 하지만 그대들은 나에 대해 아주 단편적인 것만 알고 있었어."

무성은 순간 무언가를 떠올리고 말았다.

"귀병가! 귀병가는 어떻게 되었지?"

"아마 지금쯤 한바탕 소란을 겪고 있지 않을까? 사실 내가 여기까지 행차한 것은 방효를 만나려던 것도 있지만, 동정호의 사태를 직접 이 두 눈으로 확인하려던 것이 크니까."

"……!"

"애초 자네들은 판을 너무 크게 벌리고 말았어. 쓸데없이 말일세."

제갈문경은 혀를 가볍게 찼다.

"이참에 다른 가주들에게도 단단히 주의를 일러둬야겠어. 이깟 허섭스레기들에게 속아 부화뇌동하는 꼴이라니. 쯧쯧! 이러니 련이 옛날 같지 않다는 소리를 듣지."

무성은 제갈문경의 한탄 따위는 들리지 않았다.

간독과 남소유가 위험하다.

하지만 쉽사리 움직일 수 없었다.

등 바로 뒤에는 천검단주가 검을 바짝 겨누고 있다. 여차하면 찌를 태세다.

신속으로 어찌 피한다 해도 뒤가 더 막막하다.

이곳은 동정호 한가운데. 어디로 도망칠 구석이 없다.

더군다나 선상에는 어느새 천검단의 낭인들로 가득 찼다.

그들은 여태 어떻게 내공을 숨기고 있었는지, 와룡무객

에 못지않은 기세를 풍기며 다른 선원들을 압박했다.

특히 천검단원 중 한 명이 보라는 듯이 유화의 목에다 검을 들이는 순간, 모든 저항은 무의미해졌다.

"성아!"

"유화! 유화를 건드리지 마! 건드리는 순간, 네놈들 전부 죽여 버리고 말 테니까!"

"그쪽 걱정부터 하는 게 좋을 텐데?"

천검단주는 무성의 정강이를 발로 찼다.

퍽! 털썩!

무성의 무릎이 갑판을 찍었다.

제갈문경은 천검단주가 포혈내박(捕穴內搏)으로 무성의 혈도를 짚는 것을 확인했다.

포혈내박은 제갈문경이 만든 점혈법으로, 혈도와 기맥을 몇 번이고 꼬아버리기 때문에 강제로 풀려고 시도하면 저절로 주화입마에 빠지게끔 유도를 해 놨다.

덕분에 해혈법을 모르는 이상에는 절대 풀 수 없었다.

"여하튼 그동안 본련을 골치 아프게 했던 날파리는 잡았고. 방효, 이제 자네만 남았는데 말일세."

제갈문경은 쥘부채를 살랑살랑 흔들며 말했다.

"자네도 이만 순순히 잡혀주지 않겠나?"

방효거사는 움직이지 못했다.

"자네……!"

"미안합니다, 회주!"

어느덧 최궁이 그의 옆에서 검을 겨누고 있었다.

방효거사는 자신의 오른팔과도 같았던 최궁이 배신했다는 사실에 이를 갈며 제갈문경을 향해 소리쳤다.

"자네가 이러고도 날 얻을 수 있을 거라 생각하나!"

"사실 난 아무래도 상관없다네. 자네를 압송해 와 파멸시켜 달라 간청한 것은 자네 딸이었거든."

"그, 그게 무슨……!"

"내가 자네 딸을 납치한 것이 아니라, 자네 딸이 스스로 내게 찾아와 자네를 파멸시켜 달라고 부탁했단 말일세. 장사상회를 내게 주겠다면서."

"……!"

"자네도 참 딱하이. 대체 평소 어찌 했기에 자식이 아비를 팔아먹는단 말인가?"

"…….'"

방효거사는 뭐라고 입을 벙긋거리려다 이내 고개를 떨어뜨렸다.

딸이 자신을 버렸다는 사실에 적잖은 충격을 받은 듯했다.

그렇게 모든 일이 마무리되었다.

제갈문경은 와룡무객들을 향해 소리쳤다.

"이제 낙양으로 돌아간다! 채비를 갖추라!"

第十章

반전의 서막

삐—익!

하늘 위로 매 한 마리가 기다란 울음소리를 내며 하늘을
유영한다.

보통 매보다 덩치는 작지만 날개는 큰 매.

무성은 무릎을 꿇은 채 가만히 그 매를 지켜보았다.

*　　　*　　　*

제갈문경의 지시에 따라 무성과 방효거사는 포승줄에
단단히 결박된 채로 끌려 나왔다.

그들은 포구에 정박되어 있던 이동 뇌옥에 실렸다.

이동 뇌옥을 실은 마차는 관도를 따라 빠르게 북쪽으로 올랐다.

다그닥, 다그닥!

마차가 흔들린다. 몸이 따라서 흔들린다.

방효거사는 맞은편에 앉은 최궁을 응시했다.

"딸아이가 시킨 겐가?"

최궁은 말없이 고개를 끄덕였다.

그는 차마 한때 자신의 주인이었던 사람의 얼굴을 제대로 쳐다보지 못했다.

"그런가? 나는 딸에게 버림을 받은 못난 아비로군."

방효거사는 땅이 꺼져라 한숨을 내쉬었다.

처음부터 의심을 했어야 했다.

최궁이 왜 굳이 이상한 낭인 집단을 고용했었는지. 사람들의 의심을 피해 천화루를 들리자고 했었는지.

그리고 딸이 사라진 사실을 왜 최궁을 통해 들었는지.

"죄송합니다, 회주."

최궁이 결국 고개를 숙여 사과한다. 거짓이 아니다. 정말 미안한 기색이 역력하다.

"아니야. 사실 딸아이를 진짜 딸처럼 귀여워해 주었던 이가 자네였으니. 아마 부탁을 거절하기 힘들었겠지."

"……."

"애초 이렇게 될 운명이었던 게야. 금을 배우겠답시고 가족들을 내버리고 천하를 유랑했을 때부터. 돈을 벌겠답시고 아내를 버리고 세상을 떠돌아다녔을 때부터."

방효거사의 눈빛이 회한으로 물든다.

"나는 그 아이 곁에 한시도 없었지. 그런데 이제 와서 아비 노릇을 하겠답시고 이런 짓이라니. 하하하! 참으로 기도 안 찰 일이겠지."

최궁의 표정이 일그러진다. 눈가에 눈물이 맺힌다.

방효거사의 두 눈이 호선을 그렸다.

"푸하하하! 망한 건 난데 왜 자네가 우는 겐가? 참 마음 약한 친구 같으니라고. 그래서 어떻게 내 곁을 떠나 장사를 하겠어?"

방효거사는 크게 웃음을 터뜨렸다.

하지만 어딘가가 결여되어 있었다.

'거사…….'

무성은 방효거사의 웃음 속에서 슬픔을 읽었다.

무성은 절대 흥분하지 않았다.

냉정하고 침착하게. 사물의 본질을 보는 것.

한유원이 늘 입에 담았던 말이다.

제아무리 위험한 곳이라 할지라도, 호랑이 굴이라 하더라도 냉정을 잃지 않으면 길이 보인다.

우선 그는 자신의 몸 상태를 파악했다.

'점혈이 풀리지 않아.'

무성은 관조를 통해 몇 번이고 점혈을 시도하려 했지만 그때마다 한 발자국 물러서야만 했다.

포혈내박. 몸을 구속한 이 점혈법은 구조가 너무 복잡하다.

단전이 조금이라도 꿈틀거리면 혈에 심어진 이종진기가 움직인다. 마치 바늘처럼 기맥을 콕콕 찔러 댄다.

곤호진기가 움직이는 순간 이종진기가 기맥을 뒤집고 혈도를 꼬아 버릴 것이다.

그 후에 찾아오는 것은 기운의 폭주다.

주화입마를 부르는 점혈법이라니.

문제는 점혈법만큼이나 주변 감시도 삼엄하다는 거다.

곤호진기는 쓸 수 없어도 감각은 여전해 영통결로 주변을 둘러본다.

빛 한 점 들어오지 않는 감옥. 이상한 매듭법으로 몸을 묶은 포승줄은 풀릴 기미를 보이지 않는다. 이 역시 저항하면 할수록 더욱 단단히 옥죄어 온다.

맞은편에는 천검단원 두 명과 와룡무객 세 명이 앉아 있다.

검을 쥐고 있는 것이 여차하면 검을 휘두를 태세다.

옆에서 같이 묶인 방효거사는 쌕쌕, 거칠게 숨만 몰아쉴 뿐 미동도 않는다.

'만약 여기서 움직인다면?'

무성은 묵혈관법으로 단련한 뇌내 심상세계에서 그림을 그려 보았다.

하지만,

"짱돌 좀 그만 굴리지?"

천검단주가 맞은편에서 가느다랗게 눈을 좁히며 무성을 노려보았다.

차갑게 웃는 입술 사이로 송곳니가 번뜩였다.

"그쪽이 저항하면 괜히 다치는 사람이 있잖아?"

'유화!'

무성의 두 눈이 귀화를 피어 올렸다.

"후후후! 그렇게 살기를 흘려 대도 어쩔 수 없어. 나도 명령을 받는 처지거든."

"……."

"사실 말이야. 나는 네가 좀 더 저항해 줬으면 좋겠어. 이렇게 며칠 동안 갇혀 있으려니 좀이 쑤셔야 말이지. 정말 궁금하거든. 말로만 듣던 귀병이 어떤지."

천검단주는 혓바닥으로 입술을 축였다.

"북궁검가의 소가주를 죽였다지? 그럼 실력도 제법 있다는 것이고. 싸움이 제법 재미있을 것 같지 않아?"

천검단주의 두 눈은 기이한 빛을 흘렸다. 광기다.

싸움에 미친 광기. 광견(狂犬)이다.

'신기수사가 숨겨둔 개. 북궁검가가 귀병을 만들었듯이 제갈선가는 천검단을 만들었어. 와룡무객에 천검단까지…… 빠져나갈 구석이 없어.'

이곳은 완벽히 갇힌 감옥이다.

'움직이는 순간 모든 게 끝나고 말아. 조금만 더. 아직은 때가 아니야.'

무성의 머릿속이 복잡해졌다.

"재미없긴."

천검단주는 더 이상 무성에게서 대답이 없자 혀를 가볍게 찼다.

며칠이 지났을까?

쉴 새 없이 달리던 마차가 멈췄다.

"내려라."

천검단주가 문을 열었다.

무성과 방효거사는 각각 천검단원과 와룡무객에 끌려나

왔다.

그들 앞에 거대한 성채가 나타났다.

그 위로 높다랗게 줄지어 서 있는 고루거각.

가장 중심에는 하늘을 뚫을 듯이 높게 선 마천루가 세상을 굽어본다.

무성은 대문의 현판에 적힌 커다란 글자를 보았다.

무신련!

강북 제일의 세력이 눈앞에 있었다.

'드디어……!'

귀화가 타올랐다.

그들은 성문을 지나, 주작대로를 따라 움직였다. 수많은 사람들이 눈앞으로 오고 갔다.

하지만 누구도 그들의 앞길을 막지 않았다.

제갈선가의 가주이자, 모사 신기수사의 행렬을 방해할 사람이 어디에 있을까.

"유화는 어디에 있지?"

"모처에 잘 모셔 두었다네. 자네가 말만 잘 듣는다면 아무 문제없을 게야. 나 역시 평범한 여인에게 손을 대는 취미는 없으니 말일세."

제갈문경은 가만히 미소를 지어 보였다.

인질이다.

무성은 이를 악물었다.

'아직. 아직 아니야.'

무성의 무신련에 대한 평가는 간단했다.

'크다. 넓고. 그리고 복잡해.'

수많은 전각들이 곳곳에 퍼져 있다. 높지 않은 것이 없고 넓지 않은 것 또한 없다.

각 건물이 수용할 수 있는 인원만 수십에서 수백을 넘길 만큼 크다.

더군다나 중앙을 가로지르는 주작대로를 따라 곳곳으로 나 있는 작은 길들은 마치 거미줄처럼 복잡하다.

건물의 배치와 길의 위치. 마치 미로 같다.

'성곽을 넘으면 안쪽으로 지붕이 꺾인 마천루가 대거 포진해 있다. 이것은 유사시에 적의 침입로를 차단하고 방어를 용이할 수 있게 해. 지붕이 꺾인 것은 상공에서의 침투를 막아 주고.'

묵혈병론을 통한 학습 덕분인지, 각 구조도를 읽는 데에도 눈을 떴다.

진법의 배치. 구조의 배치.

하나하나가 계산적이다. 절대 허투루 설치된 것이 없다.

무신련이 무서운 점은 비단 그것만이 아니다.

낙양 본단에 주둔하고 있는 무사의 숫자만 물경 일만을 상회한다. 그들 하나하나가 각 문파에서 내로라하는 기재들이며 고수들이다.

이들이야말로 진정한 무신련의 힘이다.

'이곳은 이미 하나의 성(城)이야. 하나의 세상이고.'

무성과 귀병들은 이런 곳과 싸우려 한다.

지금은 비록 이런 꼴이 되었지만.

무성은 최대한 무신련의 구조도를 머릿속에 담아내고자 했다.

기회란 언제 잡힐지 모른다.

그때를 위해서라도 이곳의 지리와 지형을 파악해 둬야 싸움이 편했다.

하지만 양이 너무나 방대하고 복잡해 쉽지 않았다.

특히 눈에 보이면서도 안개로 가려진 것처럼 잡기 힘든 것이 있다.

가장 중심에 위치한 건물이 눈에 들어온다.

다른 고루거각들쯤은 마치 난쟁이 건물처럼 가볍게 누르고, 홀로 우뚝 솟아오른 마천루.

'무신궁!'

무신을 비롯해 제자들과 최측근들만이 접근이 허락된다는 곳.

강북의 무인들에게는 금지(禁地)이자 성지(聖地)다.

제갈문경은 무신궁 근방에서 우측으로 꺾었다.

"저곳이 앞으로 너희들이 있을 장소다."

새로운 건물이 그들을 맞이했다.

형당(形堂), 금옥(禁獄).

무성과 방효거사가 갇힐 장소다.

하지만 무성의 이목을 끈 것은 현판이 아니었다.

현판 아래 수많은 무사들을 대동한 채 고고하게 서 있는 자.

숙부 한유원을 해한 원수가 저곳에 있었다.

"내 목을 겨눈다 하더니 왜 그런 곳에 있는 것이냐?"

영호휘가 차갑게 웃으며 서 있었다.

공기가 달라진다.

패기가 흘러나오며 막대한 중압감을 덧씌운다.

이곳은 영호휘의 권역. 그만의 세상이었다.

저벅, 저벅!

영호휘는 천천히 무성에게로 다가왔다.

오만하게 팔짱을 끼고서. 분노와 살의를 오만으로 무장하고서.

"……."

"……."

말없이 서로를 노려본다.

무성은 그저 귀화만 태웠다.

하지만 그것만으로도 영호휘의 눈에는 무성밖에 들어오지 않았다.

'그래. 이것이었다. 내가 줄곧 신경 쓰였던 것이.'

영호휘가 신분을 속이고 천옥원에 들어갔던 이유는 사실 두 가지를 얻기 위함이었다.

이법과 한유원.

절세의 신공과 희대의 모사.

이 두 가지만 손에 넣을 수 있다면 차후 패권은 자신의 손에 오롯이 떨어지는 것이다.

아니, 강북을 뛰어넘어 천하를 웅비할 수 있을지도 모른다.

그런데,

'대체 왜?'

영호휘는 이것이 눈에 걸렸다.

단순한 살의로 무장한 눈빛이어서가 아니다. 무성은 무언가를 갖고 있었다. 남들에게는 절대 없는 기백이.

그래서 자꾸 신경 쓰였는지도 모른다.

그런데…… 녀석이 잡혔다. 너무나 허망하게.

"고작 이 정도밖에 안 되는 놈이었나?"

대체 뭐 때문에 여태 이까짓 놈을 신경 썼을까? 왜 이깟 그릇밖에 안 되는 놈을 인정했었나?

"……."

하지만 여전히 무성은 대답이 없었다.

영호휘의 입술 끝이 비틀어졌다.

"묵혈도 딱하군. 이깟 놈을 위해서 목숨을 버리다니."

영호휘는 몸을 돌리며 자리를 뜨려 했다.

바로 그때였다.

"보여 주지."

"……?"

영호휘는 잠시 걸음을 멈추고 뒤로 돌아보았다.

무성이 귀화를 일렁거린 채로 처음으로 입을 열고 있었다.

"뭘 말이냐?"

"숙부님이 틀리지 않았다는 것을."

피식!

영호휘는 웃음을 터뜨렸다. 거구에서 나오는 패기가 농밀해졌다.

"해 봐라. 그래 봤자 굼벵이에 지나지 않겠지만."

영호휘는 작은 웃음과 함께 몸을 돌렸다.

　　　　　＊　　　　＊　　　　＊

　무성과 방효거사는 뇌옥의 심처, 지하 삼 층에 갇혔다.

　"자네들에 대한 판결은 내일 할 예정이니 여기서 머리를 식히고 있으시게."

　제갈문경은 그 말과 함께 자리를 떴다.

　탈출할 구석은 어디에도 없다.

　몸을 속박하는 형구는 벽과 단단히 연결되어 있고, 쇠창살은 만년한옥을 깎아 만들어 절대 부술 수 없다.

　어찌 형구를 제거하고 쇠창살을 뜯어 탈출을 시도한다 해도, 지하 뇌옥 복도에는 고수들이 단단히 경비를 섰다. 그중에는 천검단도 있었다.

　무성과 방효거사는 쇠창살 하나를 사이에 두고 나란히 앉는 형태였다.

　"자네는 그런 일을 겪고도 어찌 그리도 당당히 있을 수 있는가? 참으로 대단하구만."

　방효거사가 입을 열었다.

　퉁퉁하던 체구는 단 며칠 사이에 메말랐다. 얼굴은 헬쑥했다.

　모든 것을 잃었다는 허탈감, 딸에게 버림을 받았다는 슬픔까지.

족히 십 년은 지난 것 같이 폭삭 늙어 버렸다.

무성은 자신의 팔을 결박한 쇠사슬을 잡아당겨 보면서 말했다.

"거사답지 않으십니다."

"나답지 않다? 하하하! 나도 느끼고 있다네. 정말 나 같지 않아. 언제나 욕심과 자신감으로 충만했던 나인데. 이제는 전부 포기해 버리고 싶어졌어."

방효거사는 씁쓸하게 웃었다.

"사실 방금 전에 이곳으로 오는 길에 딸아이를 봤다네. 아주 잠깐이었지만 제갈 놈 옆에 있더군."

"……."

"삼 년 만에 만난 얼굴인데…… 완전히 아가씨가 되었더군. 몰라보게 달라졌어. 제 어미 젊은 시절과 똑같았기에 알아보았지, 안 그러면 큰일 날 뻔했어."

"그렇습니까?"

"그래. 하하하! 아마 이 아비 가는 마지막 길을 제 눈으로 확인하려 했던 것이겠지."

"대체 따님과 무슨 일이 있으셨기에……?"

"별것 아니네. 그냥 평범한 이야기야."

방효거사의 눈가가 회한으로 물들었다.

"음이 좋고 돈이 좋았다. 그래서 떠돌아다녔다. 가족을 버려두고. 아내가 죽을병에 걸렸는지도 모른 채로. 그런 이야기일세."

"그래서 따님이 거사를 원망하는 것이로군요."

"맞아. 그래도 그것이 후회되어 딸에게만큼은 집중하려 했는데, 하필이면 그때 상회가 커지지, 뭔가? 그래서 조금만 더 있다가 사랑을 주자 생각했지. 그렇게 미루고 또 미루다…… 일 년이 이 년이, 그리고 이 년이 십 년이 되었어."

"……."

"사실 버림을 받아도 할 말이 없는 게야, 나는."

무성은 한참 후에 입을 열었다.

"후회하십니까?"

"하다마다."

"따님과 마주 앉아서 이야기하고 싶지 않으십니까?"

"하고 싶지."

"기회를 드린다면요?"

"어떻게 말인가? 지금 이 꼴이 되고 말았는데?"

방효거사가 고개를 갸웃거리다 크게 놀랐다.

정체를 알 수 없는 작은 소리가 무성의 몸에서 나기 시작했다.

마치 콩을 볶는 것 같은 소리.

투둑! 투둑!

무성의 혈도를 제압했던 점혈법이 해혈 되기 시작한다.

"자네……?"

어느새 무성이 자리에서 일어났다. 몸을 속박하던 쇠사슬을 모두 뽑아 버리고서.

"같이 나가시지요."

무성이 손을 뻗었다.

"제게 주신 몸값을 모두 채우려면 갈 길이 멉니다."

"대체 어떻게 한 겐가?"

방효거사의 눈이 커지고 말았다.

천하의 신기수사가 만든 점혈법이다. 무공은 잘 몰라도 그 이치가 대단하다는 것만은 안다.

그런데도 풀었다.

너무나 손쉽게.

하지만 방효거사, 그가 어찌 알까?

무성은 강호인들은 잘 모르는 이법을 통해 육신의 급격한 변화를 겪었다.

그 과정에서 공능을 완전히 제 것으로 만들기 위해, 하루에도 수십 번씩 몸 안을 관조를 했고, 덕분에 신체 구조에 대해서는 웬만한 의원보다도 더 빠삭했다.

아니, 어떤 분야에서는 의원을 능가했다.

기의 운행, 혈의 필요, 남들이 모르는 신체적 비밀 등.

특히 곤호진기는 모든 기운을 수용하여 제 것으로 만들어 버리는 성질을 갖고 있다. 혈도를 자극하던 이종진기라 해도 다르지 않았다.

결국 무성은 해박한 지식을 따라 곤호진기를 유도, 단숨에 점혈을 풀어 버렸다.

이런 비밀을 갖고 있었으면서도 여태 가만히 있었던 이유는 단 하나.

"듣자 하니 뇌옥은 죄수의 탈출을 방지하기 위해 무신련 깊숙한 곳에 있다더군요. 해서 부득이하게 신기수사의 힘을 빌렸습니다."

"애초 이것을 노린 것이었군."

제갈문경을 이용해 무신련으로 스며든다!

이러한 계책은 절대 틀리지 않았다.

실제로 제갈문경이 직접 왕림하면서 죄수가 되어 뇌옥까지 들어오게 되었으니까.

"하하하! 세상에 신기수사를 이렇게 이용해 먹는 놈이 있을 줄이야!"

방효거사는 어이가 없는 나머지 저도 모르게 웃음을 터뜨렸다.

"이제 결단을 내려 주십시오. 함께 가시겠습니까?"

"딸을…… 만나게 해 줄 텐가?"

"해 드리지요."

"나는 무공을 익히지 않은 평범한 늙은이일세. 자네에게는 방해만 될 텐데?"

방효거사와 무성 사이로 눈빛이 마주친다.

바로 그때였다.

"죄, 죄수가 형구를 풀었다! 탈출하려 한다!"

간수 중 한 명이 무성의 변화를 깨닫고 급히 종을 울렸다.

하지만 섣불리 문을 열고 제압하려 들지 않았다.

문만 단단히 지키고서 지원병들이 오기를 기다렸다.

댕, 댕, 댕—!

천검단이 바쁘게 발을 놀리는 소리가 들린다. 이곳으로 달려오는 소리가 커졌다.

"선택하십시오, 거사!"

"좋네!"

방효거사는 익살맞은 미소를 지었다. 손을 맞잡았다.

두 눈에 욕심이 어렸다.

이곳을 빠져나가 딸을 만나겠다는 욕심으로!

무성이 차갑게 웃었다.

"이제 반전의 서막을 여는 겁니다."

〈다음 권에 계속〉

금검 혈도

『무적명』, 『초일』, 『진가도』의 작가!
백준 신무협 장편소설

『금검혈도』

누군가가 죽었는데 범인이 보이지 않는다면?
무언가가 사라졌는데 어딨는지 모른다면?
신출귀몰한 사건일수록 잘 해결하는 놈을 찾아야 한다.
무림맹 최고의 해결사인 그놈을 찾아라!

dream
books
드림북스

장담 신무협 장편소설

강호제일 해결사

江湖第一解決士

ORIENTAL FANTASY STORY & ADVENTURE

탄탄한 구성과 짜임새 있는 연출로 이루어 낸 장담표 무협.
상대를 죽이지 못해 암살은 꿈도 못 꾸는 반쪽 살수, 사운평.
강호제일의 해결사가 되기 위한 좌충우돌 강호종횡기!

dream books
드림북스